放蕩ボスへの秘書の献身愛

ミリー・アダムズ 作

悠木美桜 訳

ハーレクイン・ロマンス

東京・ロンドシ・トロント・パリ・ニューヨーク・アムステルダム
ハンブルク・ストックホルム・ミラノ・シドニー・マドリッド・ワルシャワ
ブダペスト・リオデジャネイロ・ルクセンブルク・フリブール・ムンバイ

BILLIONAIRE'S BRIDE BARGAIN

by Millie Adams

Published by Harlequin Japan,
a Division of K.K. HarperCollins Japan, 2025

ミリー・アダムズ

昔からずっと本が大好き。自分のことを『赤毛のアン』の主人公アン・シャーリーと、19 世紀に優雅な令嬢の生活から冒険とスリル満点の船上の世界へと突然投げこまれた物語の主人公シャーロット・ドイルを混ぜ合わせたような存在だと考えている。森の端にある小さな家に住み、ふと気づけば息抜きに本のページをめくって読書にふける生活を送る。情熱的で傲慢なヒーローに立ち向かうヒロインという組み合わせに目がない。

主要登場人物

オーガスタ・フリーモント……秘書及び客室乗務員。愛称オーギー。
イリンカ……オーギーの同僚。
リンナ……オーギーの同僚。
モード……オーギーの同僚。
マティアス・バルカザール……実業家。
ハビエル・バルカザール……マティアスの父。
セラフィナ……マティアスの妹。故人。

1

〈ピットブルが搭乗〉

彼女はすぐにメールを送った。

〈ワン!〉

それがイリンカからの返事だった。

オーギーことオーガスタ・フリーモントは携帯電話に目を落とし、ほんの少し唇を引きつらせた。それから、ボスと彼の傍らの女性を見上げた。

彼は光り輝いていた。スポットライトが当たっているかのように。

マティアスはオーギーがこれまで見た中で最も美しい男性だった。背が高く、肩幅が広く、たくましい。髪も瞳も黒いが、趣はだいぶ違う。髪は烏《からす》の羽のようにつややかでなめらか、瞳は夜空のようにきらきら輝いている。その夜空は危険なブラックホールで、近づいた女性たちはたちどころに吸いこまれ、二度と出られなくなる。

それでもオーギーは、破滅が待っているとも知らずに彼に近づく女性たちを責めることができなかった。彼女の見方では、マティアスは自分自身の非情な行動に責任を負うべきであり、それを助長してきたメディアにも非があった。

〝栄光のゴールデンレトリバー、マティアス・バルカザールに新たな恋人!〟

いいえ、彼はピットブルだ。

近づいてきた女たちに食らいつくから。

それが、〝仕事妻たち《ワーク・ワイフズ》〟と名づけられたテキストファイル・グループにおける彼のニックネームの由来だった。

そして、テキストファイルのグループ名が〝ワーク・ワイブズ〟となったのは、イリンカ、リンナ、モードの三人は文字どおり、オーギーの仕事上の妻だったからだ。そして親友でもある。彼女たちが五年前に、夢とすばらしい団結力と決意だけで立ち上げた会社〈あなたの頼もしい女性アシスタント《ユア・ガール・フライデー》〉は大いに繁盛していた。

　彼女たちはフリーランスのアシスタントで、最大限の慎重さをもって仕事をしていた。イリンカが得意とする身のまわりの管理から、リンナが得意とする料理の提供、そしてモードが得意とする古い邸宅の修復と管理まで。

　オーギーには友人たちほど特別な才能はなく、取りまとめ役のような役割を担っていた。よく言えば、オールラウンド・プレイヤーで、今はマティアスの客室乗務員だ。しかし、彼はプライベートジェットで世界中を飛びまわっているため、出張秘書としての役割も担っていた。

　そして、彼が知っているかどうかは別として、彼の秘密を守るために最善を尽くしていた。

　彼との契約は終わりに近づいていた。〈ユア・ガール・フライデー〉は、長期にわたって同じ職場に縛りつけられるという働き方は想定していない。そのため、仕事が包括的なものであった場合、厳しい制限が課せられていた。最長で六カ月。だが、マティアスとの契約は三カ月だった。

　ありがたいことに。

　オーギーは、彼に認識された瞬間を正確に知ることができた。彼女の最大の長所は、どんな環境下でも自分を壁紙として機能させる能力だった。

　言わばカメレオンだった。

　ピットブルに目をつけられたカメレオン。

　今、オーギーはその影響を無視し、顔を上げた。

　そのとたん、胃が締めつけられた。

　またも恋人同伴なのだ……。

たとえ期間限定とはいえ、彼はオーギーのボスだった。そしてたぶん、彼女は……地球上で本当の彼を知っている唯一の人物だった。メディアが描く彼のイメージは滑稽としか言いようがなかった。

マティアス・ハビエル・ヘルナンデス・バルカザールは人気者に違いないが、近年で最も冷酷だという評判のスペインの大富豪、ハビエル・バルカザールの息子だった。メディアはマティアスのことを、倫理や優しさ、人間の基本的な良識に無関心な男、現代の征服者《コンキスタドール》などと評していた。

だが、マティアスを知るには、いくつかのことを頭に入れておけば充分だった。

一つ目は、人はマティアスには何も言えないということだ。彼は億万長者の地位にふさわしく、好きなときに好きなことをした。もう一つは、父親を憎んでいるということ。

そして、この二つの情報から真実が浮かび上がる。

メディアは本当のマティアスに出会うと、彼がどういう人間か理解できず、わけのわからない話をでっちあげた。

たとえば、彼らは、マティアスが実父の業界に参入したのは、彼が学んだことを生かして側面から父を助けるためだと見ていた。実際は違う。マティアスは家業を乗っ取ろうとしたのだ。あるいはつぶそうと。それこそが真実だとオーギーは確信していた。

そして、誰もがマティアスは父親の富を受け継ぐと想像している。

オーギーは、真相はもう少し複雑だと考えていた。詳しいことは知らないが、マティアスは見かけとはまったく異なる人物だと知っていたからだ。

「オーガスタ」その名をマティアスは音節を転がすようなアクセントで発音し、彼女の胸をざわつかせた。「僕とシャルメーヌに飲み物を持ってきてくれるかな？」

「ええ、もちろんです」オーギーはそう言ってほほ笑み、バーコーナーに向かった。彼が何を飲むか、連れの女性が何を欲しがっているかは、簡単に予想がついた。彼女はボスにはウイスキーを、シャルメーヌにはチェリーの入った甘い飲み物を用意した。

それから彼女は、彼らからはっきりと見える場所に立ったまま、背景に溶けこんでいった。

オーギーは再び携帯電話を手に取った。

〈もしまた、彼は見た目はいいが中身のない男《ヒンボ》だという記事を目にしたら、私はその記者をこてんぱんにやっつけてやる〉

メールを送ると、今度はリンナからすぐに返信があった。

〈ああ、お願いだから、彼に対する世間の期待を裏切るようなまねはしないで〉

オーギーはすぐに返した。〈ご存じのように、私は秘密保持契約《NDA》にサインをしたので、そんなことはしないわ。ただ、彼ほど世間の評価と実際の人格に落差のある人には会ったことがないというだけよ〉

続いてモード。〈そんなこと、ありえない。億万長者は悪名高い嘘《うそ》つきばかり。彼らは大衆の前では、自分がいかにすばらしい人物か堂々と主張する〉

〈ピットブルもそうなの？〉これはイリンカ。

〈いいえ。ただ、彼は見かけとは違うわ〉

そのとき、シャルメーヌとマティアスは飲み物をテーブルに置き、プライベートジェットの後方にある寝室に姿を消した。まったく……。

本当に厄介なのは、マティアスが目的地で長期的な仕事を持っていて、オーギーが彼女たちを連れて出発地に戻らなければならないときだ。毎回ではなく、しばしば別の移動方法がとられたり、女性がそのまま滞在したりすることもある。けれど、オーギーがマティアスと一緒に長期にわたって滞在することはなかった。

彼は、誰からも愛される恥知らずのプレイボーイだ。誰も彼を嫌うことはできない。彼に見限られた女性でさえ。

率直に言って、オーギーは彼に対してさらなる疑念を抱くようになった。それはある種の黒魔術だ。髪の黒とも、瞳のそれとも違う。彼女には理解できない黒魔術……。

それが問題だった。彼は実に興味深い。

仕事を引き受けた当初、オーギーはマティアスは退屈な男性だと確信していた。けれど、彼は世界一もてる人気者だった。礼儀正しいことで知られ、雇い主としても寛大で、彼に奉仕する者には惜しみなく多額のチップを与えた。そしてよく笑った。

とはいえ、その笑顔が目まで届くことはなかった。

寝室で何が起きているか知る必要はなかったので、オーギーはヘッドホンを装着しようとして、思い直した。

フライト中、彼女はマティアスの通信を管理し、それから彼のスケジュールを微調整した。そして頃合いを見て、寝室の中の様子に耳をそばだてたあと、ドアをゆっくりと開けた。二人ともベッドで眠っていた。オーギーは彼を見ないようにするのが得意になっていた。半裸で情事の余韻に浸っている彼を。ボスがどんな行動をとろうと彼女には関係ないが、やらなければならないことがあった。

オーギーはベッドのサイドテーブルからシャルメーヌの携帯電話を取り上げ、それを彼女の寝顔に向けてロックを解除した。続いて携帯電話の画面をスワイプして、アルバムを開いた。寝室に入ってから撮られたものはなく、オーギーは安堵《あんど》した。彼女はこれまで複数の女性の携帯電話から、寝入ったマティアスのあられもない写真を削除していた。

写真はなかったものの、ちょうどメールが届き、画面にプレビューが表示された。

〈彼とうまくやって例の件が片づいたら、あなたにしてほしいことが〉

オーギーは漠然とした不安を感じた。シャルメーヌは誰とでもメールのやり取りをする権利を持っているし、セクシーでハンサムな億万長者と熱い週末を過ごしたなどと書いたとも思えない。

オーギーはメール・アプリのアイコンに親指を当てたところで、ためらった。彼女にも守るべき一線があり、人のプライバシーを侵害するつもりはない。だから、すべてのメールを読んだり、すべての写真を閲覧したりすることはなかった。彼女がこれまで唯一試みたのは、マティアスの裸の写真がインターネットにアップされないようにすることだった。

人のメールをのぞくのは一線を越えている。

メールの内容がなんであれ、あなたには関係のないことでしょう。

心の声に耳を傾け彼女は、ため息をついてそっと携帯電話を戻した。写真はなかった。重要なのはそれだけだ。ほかのことで何かあっても、私には関わりのないことだ。

オーギーはこっそりと部屋を出て、もうすぐすべてが終わることに感謝した。

マティアスの下で働くのは、これまで契約してきたどの仕事よりも大変だった。オーギーはいつも、仕事は楽しい挑戦だと感じていた。数カ月に一度、新しい顧客を持つという新鮮さが気に入っていた。これまでは、新しいプロジェクトのために仕事量を増やしたり、ビジネスで苦境に陥ったりしている人に、特別で専門的な支援をすることだった。

オーギーは広報が専門ではないが、広報担当者と一緒に仕事をすることがよくあり、仕事の流れを円滑にするのを助けて、担当者のストレスを軽減させることに成功していた。

逆に、マティアスと仕事をしていると、オーギーはかなりのストレスを感じた。同時に、彼の美しさに圧倒された。それは彼女がこれまで経験したことのない複雑な心境だった。

ジェット機がバルセロナの空港に着陸すると、マティアスとシャルメーヌが寝室から飛び出してきた。二人とも気だるげな顔をしていたにもかかわらず、とてもすてきに見えた。

はたしてマティアスが落ち着く日が来るのだろうか、それとも生涯独身を通すのか、とオーギーはふと思った。彼は今、永遠の今の中に存在しているような様子だったが、彼女はそれが真実ではないことを知っていた。なぜなら、偶然の積み重ねでこれほどまで成功するはずがないからだ。たとえ裕福な家庭に生まれたとしても。彼は父親のお金で今の地位を築いたわけではなかった。

マティアスにはそれ以上の何かがあった。世間が彼の謎めいたほほ笑みを本物と受け止めることに、彼女はいつも驚いていた。人々がマティアスのことを能天気だと決めつけるのは、彼が人々にそう思わせて喜んでいるからにすぎない。難易度の低い目標を設けて勝利する男として人生を歩む――マティアスのことをそう評する人が何人もいたが、そういう見方を彼は喜んで受け入れているようだ。自分が愚か者だと人々に思われていることを喜んでいた。

そして、オーギーにとっては、それが彼に関する最大の謎だった。

「シャルメーヌはバルセロナに二、三日滞在し、オフィスを見たいと言っている」

「だったら」オーギーは言った。「今回は戻らなくていいんですね？」

彼女は奇妙な衝撃を覚え、それはあのメールのせいだと気づいた。

〈彼とうまくやって例の件が片づいたら、あなたにしてほしいことが……〉

その先には何が書かれていたのだろう？　オーギーはプレビューしか読んでいなかった。

「彼女は本当にオフィスを見たいと？」オーギーは確かめた。

「そうだ」マティアスは見下したように彼女を見た。

シャルメーヌの視線を感じ、オーギーは一瞬、強い不安を覚えた。彼女の目つきが気に入らなかった。

「マティアス、ちょっと話せる？」

「いや」彼は即座に否定した。「きみはこの街を楽しんでくれ。二、三日はきみの助けはいらない」

オーギーは眉を上げた。「本当に？」どうも納得がいかない。

「ああ。きみが僕の下で働くようになってからまだ三カ月しかたっていない。きみがいなくても、大丈夫だと思う」

「ええ、確かに」オーギーは言い、しばしためらったあとでつけ加えた。「あなたのオフィスまで同行したほうがいいかしら？」

「いや、その必要はない」

もしかしたら、マティアスはお気楽者――ゴージャスなお気楽者なのかもしれない。

二人がオーギーに背を向けてジェット機から降りる前に、シャルメーヌが小さくほほ笑んだのを、オーギーは見逃さなかった。

マティアスのオフィスでシャルメーヌに何ができるのかわからないが、オーギーはただ何か不穏なものを感じていた。

ただし、それは、マティアスが彼女にとって日増しに魅力的になっていくという事実とはなんの関係もなかった。彼は美術館の美しいオブジェのようだった。

けれど、オーギーには手の届かない存在だった。だから、けっして触れることはできず、ただ見るだけだった。

オーギーは荷物をまとめ、マティアスがシャルメーヌと共にリムジンに乗りこむのを見送った。オーギー自身は別のリムジンに案内され、その静かで贅《ぜい》沢《たく》な空間と時間を満喫した。ただ、この二、三日は助けはいらないとマティアスに言われたことには不満を覚えていた。

〈ピットブルは不愉快だわ〉

最初の返信はリンナからだった。

〈どうして？〉

〈オフィスに女性を連れていき、私はしばらく必要ないだなんて言うからよ〉

イリンカが割りこんできた。〈まあ、彼はヒンボーなのかもしれないわね。セックスのことしか考えていないのよ。自分のデスクに女性を押し倒したいんじゃない？〉

〈彼の下半身の脳みそがとんでもなく発達しているのは間違いないけれど、愚か者じゃないわ〉

予約してあったホテルの部屋に着くと、オーギーはパソコンと周辺機器をセットアップし、マティアスのスケジュールと自分のカレンダーを開いた。そして〝ワーク・ワイブズ〟の仲間たちとビデオ通話を始めた。

「今、バルセロナよ」

「まあ、すてき！」いつも完璧なまでにゴージャスなイリンカが言った。

「オーギー、あなた、輝いているわ」頰に泥のついたモードが言った。彼女はダンガリーシャツを着て、野原に立っていた。

「でも、いらついて見える」リンナが言った。彼女は大きな業務用のキッチンに立っている。

「ええ、そのとおりよ。彼がシナリオを逸脱した行動をとっているから、気に入らないの。これが彼との最後の仕事だと思うとうれしいわ」

「あなたの次の契約はもっと短い期間になるわ」リ

ンナが言った。「しかも、顧客はもっとまともな男性になると思う」

「もっと女性の顧客を増やさないと」オーギーは嘆息しながら応じた。

「女性の顧客が増えるのはうれしいけれど」イリンカが言った。「実情は、私たちの写真を見た男性が〈ユア・ガール・フライデー〉を利用したいと思っているだけだから。それに、女性はパートナーと別れるのが好きだから、私のサービスを必要とするのはほぼ男性に限られる」

イリンカは表向きは秘書のように振る舞い、富裕層やエリートたちとのつなぎ役として活動していた。しかし実際には、彼女は〝別れさせ屋〟であり、変装の達人だった。イリンカの提供するサービスには慎重さと裏のコネクションが必要で、彼女はその両方に精通していた。

オーギーはそうした策謀には向いていなかった。彼女は正直すぎた。顧客がばかげたことを言っているのを看過できなかった。

リンナは世界最高のシェフだ。オーギーにとっては、彼女の料理を味わうことは魔法を味わうのに等しい。一晩で男性をとりこにできる女性はよくいるけれど、リンナは食事のあとで男性をその気にさせた。

モードは妖精のような存在で、都会よりも自然の中にいるほうを好んだ。大学時代に科学研究室からネズミを救い出し、寮に住まわせたことがある。今でも、自然との親和性は彼女の特技だ。

オーギー、イリンカ、モード、リンナの四人は、それぞれのバックグラウンドがまったく異なるにもかかわらず、大学時代からの親しい友人だった。

イリンカは公爵の婚外子で、ロシアのスパイだとの噂《うわさ》があり、富と人脈とミステリアスなものへの愛着を受け継いでいた。モードは一風変わった女の子で、彼女は異世界から来たのではないかとオーギーは感じていた。

リンナはウェールズ出身だが、ギリシアの裕福な家庭に育った。しかし、リンナが大学在学中に、一家はすべてを失った。その恐ろしい出来事の余波で彼女の父親は亡くなった。リンナは窮地に陥ったものの、友人たちに助けられ、無事、卒業することができた。

四人は大学卒業後も離れず、〈ユア・ガール・フライデー〉を立ち上げた。彼女たちの力が結集されると、昔のアニメの合体ロボット、ボルトロンのように強力になる。彼女たちはそうして逆境を乗り越え、成功の果実をつかみ取ったのだ。

とはいえ、オーギーは今、充実感を覚えてはいなかった。それどころか、不安に駆られていた。

「どうかした、オーギー？」モードが尋ねた。

「私はただ……この状況が信用できないの。私は広報担当ではないから、私が心配することではないのだけれど……」オーギーはマティアスの女性たちの携帯電話から彼の裸の写真を何度も削除したことを思い出した。その写真を削除するとき、彼女はいつも目を細くし、必要以上に見ないよう注意した。また、彼の生まれたままの姿が新聞に掲載されないよう気をつけてもいた。

それに、マティアスは愚かではない。けれど、シャルメーヌに関しては疑問の残る決断を下した気がしてならなかった。

「あなたがそこまで彼の面倒を見る必要はないわ」リンナが言った。「あなたの仕事は彼の手助けをすることなのだから。これは……介護じゃないのよ」

優しい口調にもかかわらず、リンナの指摘はオーギーの胸に突き刺さった。

「それはわかっているけれど……」

「あなたの表情から察するに、納得がいかないようね。その偏執的な目つきは、あなたがこの状況に命を賭けていることを示している。でも、彼は――」

「私が彼の母親でないことは言うまでもない。それに、彼はもうすぐ私の問題ではなくなる。でも、もし私が彼のために働いている間に、彼がひどい状況に陥ったら、私たちのビジネスにとってプラスにはならない。そうでしょう？」

「あなたは、何が起こると心配しているの？」

「わからない。ただ、あの女にはいやな予感がしてならないの」たとえその理由を言えなかったとしても。何年も前に、オーガスタ・フリーモントは自分の直感を信じることを学んだ。

オーギーはバルセロナにいた。そして、ボスに何があろうと、彼女の責任ではない。だから彼女は外出することにした。パエリヤでも食べに。

2

翌朝、五時半に電話が鳴り、オーギーは何事かと飛び起きた。

「はい？」

「オーガスタ・フリーモント？」

彼女は目をこすり、一人で寝るには広すぎるベッドの上で寝返りを打った。もし彼女がマティアスと同じタイプだったら、街に出て一夜の相手を見つけていたに違いない。だが、オーギーに限ってまつげをぱちぱちさせてスペイン人を誘惑するなどありえず、いつものように一人きりの夜を過ごした。

「〈ユア・ガール・フライデー〉のオーガスタ・フリーモントで間違いないかしら？」

「まさにその人よ」彼女は答えた。電話の相手に、誰からも〝オーギー〟と呼ばれているとはあえて言わなかった。

　オーギーは若い頃、〝ガス〟という愛称が広まるかもしれないと期待していた。そのほうがかわいいと思っていたからだ。だが、期待むなしく、彼女は永遠にオーギーだった。けれど今は、その愛称を思い浮かべると母親の声が聞こえてきて、心が和んだ。

「マティアス・バルカザールが詐欺師だというニュースについて、何かコメントはありますか？」

「すみません、もう一度お願いします」

「メディアに今朝、匿名の情報源から通報がありました。それは、彼が何年も前からの企業スパイ活動を通じて、父親であるハビエル・バルカザールから情報を盗み、嘘《うそ》の上に自分の名声を築いてきた、というものです」

「事実無根です」オーギーはベッドの上に起き上がり、顔から髪を払った。「マティアスは自力で成功をつかんだのよ。私は彼と長い時間を過ごしてきたけれど、彼が父親のことを口にしたことは一度もないわ」

「でも、今朝ファックスで送られてきた証拠書類と称するものには説得力があります。あなたが否定しようがしまいが、この件はすぐに広まるでしょう」

「差し止め命令が出るものと思ってください」そう言ってオーギーは電話を切った。ほとんどパニックに陥っていた。マティアスのことを気にかけているという以上に、彼との間に深い絆《きずな》を感じていたからだ。

　オーギーはベッドから飛び出し、服を着た。よくも悪くも、彼女はマティアスの守護者だった。そして〈ユア・ガール・フライデー〉も彼と強く結びついていた。もし彼に問題が生じたら、まずいことになる。

彼女は早くも頭の中でストーリーを組み立てていた。〝仕事妻たち《ワーク・ワイフズ》〟のメンバーとビデオ電話で連絡を取っている間も。

イリンカはベッドに横たわり、カメラをじっと見ていた。モードはどこかの田舎道を歩いている。スパニエル犬を散歩させているらしいが、カメラが激しく揺れているせいで、はっきりとはわからない。

リンナは鶏小屋《とりごや》にいて、肩をすくめた。「新鮮な卵よ」

「こっちはそれどころじゃないわ。ピットブルに大スキャンダルが降りかかりそうなの」

「彼が蜂蜜の瓶に手を突っこんでいるのを見つかったとか?」イリンカは体を起こし、いかにも高級そうなパジャマを着ていることを明らかにした。

「そうだったら、どんなにいいか」オーギーは空いているほうの手で顔を覆った。「誰かが彼のオフィスから何か盗んだみたいなの。犯人はシャルメーヌに決まっているわ。彼女は間違いなくマティアスと寝て、その隙を狙ったのよ」

「オーギー」リンナが言った。「私たちはみんな、彼の容姿を知っている。女性が彼のベッドに入るのに理由はいらないわ」

「誰もがあなたと同じというわけじゃないわ」オーギーは言い返した。

自分のありもしない恋愛生活に関する友人の発言に動揺していたとしても、リンナは表に出さなかった。その代わり、鶏の頭を撫《な》でて立ち上がり、携帯電話を自分の顔のほうに向けて歩きだした。あくまでプロらしく平静を保って。

「とにかく、なんとかしなくちゃ。どうすればいいと思う?」オーギーはみんなに問いかけた。

「あなたは彼の広報担当ではないわ」イリンカが指摘した。「この件に関与する必要はないと思う」

「でも、メディアは朝早くに私に電話をかけてきて、

〈ユア・ガール・フライデー〉のオーガスタ・フリーモントかときいた。もし、私の最も重要な顧客が、こんな形で大騒ぎになったら、〈ユア・ガール・フライデー〉にとっても大きな痛手になるんじゃないかと心配で……」

「そうね、オーギー、あなたはこの件を解決するために全力を尽くす必要がある」イギリスの冷たい風に頬を赤くしながらモードが言った。

「ええ、私もそう思う。私が解決しなければならない。ほかの誰にも頼れない。彼のイメージを形づくる最善の方法は彼を愚か者として描くことだと考えている広報担当は、まったく頼りにならない。そんなことをしたら、マティアスがますます愚か者に見えてしまう」

「たぶん彼は愚かではないと思う。ただ自己中心的で、自信過剰なだけ。そして、自信過剰もビーグルをトラブルに巻きこむ一因になる」

「彼はビーグルじゃないわ」

「ええ、わかっているわ」モードは同意した。

「『ジョーズ』を覚えている?」イリンカが口を挟んだ。

「いいえ、思い出せない」オーギーは答えた。「あなたが鮫《さめ》の映画が好きなのは知っているけれど」

「ええと……」イリンカが言った。「『ジョーズ』では、鮫の大きさを実際に見て、もっと大きなボートが必要だと気づくの。だから、小さな鮫が手に入らないなら、大きいボートを用意すればいい」

「よくわからない」オーギーは言った。

「大きな見出しがあるなら、もっと大きな見出しをつくればいいのよ」

「まずは彼と話をして、何が起こっているのかを知る必要がある。そして、真実をつかまなければならない。真実さえあれば、いつでも間違った報道を打ち消せるから」

　イリンカは水晶をフォークで割ったような笑い声をあげ、ベッドの上で正座をした。「あなたって、そんなに世間知らずだったの、オーギー？　嘘を真実で覆い隠すことはできない。真実が重要でなくなる場合があるから。世間が求めているのは真実じゃなくて物語なの。マティアスが成功を収めるために何か裏の手を使ったかもしれないという着想は、すばらしい物語になる。だって、彼のことが嫌いだという人もいるから」

「そんなことないわ」オーギーは否定した。「誰もがマティアスを愛している。彼には常に光が当たっている。世界で最も美しい男よ」

　イリンカはかぶりを振った。「彼はこれまで、とんでもないほど多くの女性とベッドを共にしてきた。お金持ちで、ゴージャスで、ハンサム。大衆は、そんな男が落ちぶれるのを見るのが好きなの」

「みんなが彼の敵になる――そう思っているの？」

「暴徒って、そんなものじゃないかしら」

「ハリネズミもそうよ」

　モードの言葉には誰も反応しなかった。

「わかったわ」オーギーが言った。「また連絡する。彼がどこにいるかわからないけれど、私は彼のもとに行かなくちゃ」

「幸運を祈るわ」リンナが言った。

「みんなにそれが必要よ」その言葉を最後に、オーギーは電話を切った。深呼吸を数回してから鏡を見る。ひどいありさまだ。彼女は急いで身支度を整え、脱兎《だっと》のごとく家を飛び出し、バルセロナにある彼の住まいに向かった。住所は彼女のファイルの中にあり、それを見つける前に車を手に入れた。

　運転中、オーギーはずっといらいらしていた。もうすぐ彼との関係が切れるというのに、こんなことが起こるとは。悪夢としか言いようがない。

　彼女は優しくて寡黙で、壁紙のような存在だった。

その結果、最悪の事態が生じたのだ。

　オーギーはこの件でマティアスを優しく扱うつもりはなかった。飛行機を降りたとき警告しようとしたのに、彼は聞こうとしなかったのだから。

　目的地に着くなり転がるように歩道へと飛び出したオーギーは、曲がりくねった私道に通じる錬鉄製の門に駆け寄り、インターホンのボタンを押した。彼女は憤怒《ふんぬ》に駆られていた。

「こんにちは。オーガスタ・フリーモントです。ミスター・バルカザールに会いに来ました」

「入ってくれ、オーガスタ」

　オーギーは面食らった。マティアス本人がインターホンで応答するとは思っていなかったからだ。

　門が開くと、彼女は小走りで中に入り、急勾配の私道を、今まで見たこともない豪華な大農園《ハシエンダ》の母屋に向かった。丘に囲まれ、周囲には鮮やかなピンクの花が咲き乱れ、見事な漆喰《しっくい》の高い壁には蔓《つる》が伸びている。見上げると、赤瓦の屋根が朝日を浴びて輝いていた。

　オーギーが息を整えようと玄関ドアにもたれたとき、いきなりドアが開いて、もう少しで中に転がりこむところだった。そして、なんとか体勢を立て直して言った。

「あなたは今、危機に瀕《ひん》している」

　マティアスは黒い眉を上げ、あたりを見まわしながら応じた。「僕が？　見渡す限り、異変は見当たらないが？」

「もちろん、今はまだ。メディアが騒ぐのはこれからだから。あなた、シャルメーヌをオフィスに連れていったんでしょう？」

「ああ。彼女、本社を見たがっていたから」

「彼女についてもっと調べればよかった。彼女の携帯電話にメールが届いたの」

「携帯電話をのぞき見したのか？」

「私はいつも彼女たちの携帯電話をチェックしているのよ、マティアス」オーギーは彼の目を見つめて言った。「あなたの裸の写真がないか」

彼はたじろいだ。〝裸〟という言葉にショックを受けたわけではないだろう。たぶん、彼女の突き放したような物言いにショックを受けたに違いない。だが、オーギーは気にしなかった。今この瞬間、失うものは何もない。彼女は鼻の下をつまんで続けた。

「今朝、あるメディアから電話がかかってきたの。あなたが企業スパイ行為に関与している証拠を入手したと」

にわかにマティアスの顔がこわばった。「なんだって？」

「連中は、あなたが父親から機密情報を盗んでいたと主張している。それが何を指すのか、私には見当もつかないけれど、これは深刻な事態よ」

「父から何一つ盗んでいない」彼は声を荒らげた。

「でも、彼らはあなたが盗んだと思っている。おそらくその証拠もあるんじゃないかしら」

「そして、シャルメーヌが関与していると？　なぜそう思うんだ？」

「彼女の携帯電話を手に取ったら、ちょうどメールが届いてプレビューが表示されたの。そこには〝彼とうまくやって例の件が片づいたら、あなたにしてほしいことが〟とあった。その先になんと書かれているかはわからなかったけれど、あなたが彼女をオフィスに連れていくと言ったとき、私のアンテナが反応した。それで、あなたを引き留めて話そうと思ったのに……」

「だが、彼女が何か企《たくら》んでいるんじゃないかと心配しているとは言わなかった。そうだろう？」

「彼女があなたのオフィスで何をしようとしているのか、私にはわからなかった。彼女がどんな証拠を見つけようとしたのか」

マティアスが企業スパイの罪に問われる可能性があることは大きな問題だとオーギーは考えていた。とはいえ、彼女は気にしていなかった。億万長者に倫理を求めるのは滑稽の極みだ。そのうえ、彼女の知る限り、彼の父親は人として最悪だった。だから、父親の企業の秘密を盗んだところで、それがなんだというの？

　けれど、もしマティアスが有罪になったら、現実問題として、いろいろと不都合が生じる。

　しばしの沈黙のあと、彼は尋ねた。「なぜ気にするんだ？」

「どういう意味、なぜ私が気にするかって？」

「僕との契約は来週で終わる」

「ええ、そうよ。だけど、もし私があなたを瓦礫《がれき》の中に置き去りにしたら、この件がすべて明らかになったとき、私や私の会社に悪影響が及ぶ可能性が高い」オーギーは何世代にもわたって富を継承してきた億万長者ではない。彼女は自分自身のことを案じていた。

「一瞬、僕はきみが気にかけてくれているのかと思った」

　そのとき携帯電話がメールの着信を知らせ、オーギーはポケットから取り出した。

〈ピットブルは見つかった？〉

　マティアスの目が彼女の携帯電話のロック画面に表示されたメッセージをとらえた。

　オーギーはすぐに携帯電話をしまった。

「ピットブル？」

「あなたは私たちの間ではコードネームで呼ばれているの。本名を出すと何かと不都合が生じる場合があるから。もちろん、私たち以外はそのコードネームが誰を指すか絶対にわからない」

「僕を危険人物と考えて〝ピットブル〟と呼んでいるのか？」

まあ、おおむねそのとおりだ。マティアスとの契約はまだ一週間ほど残っているし、なぜ彼が危険なのか、正直に話す必要はない。

「私があなたをピットブルと呼ぶのは、あなたはピットブルと同じく、愚かで感情的で、突拍子もない選択をするからよ」

「僕は愚かではない」そう言うマティアスの目にはこれまで見たこともない硬さがあった。

「それを証明するには努力が必要ね」

「オーガスタ、きみに証明するものなど何もない。もし僕がきみやきみの会社に悪影響を及ぼすと思うなら、辞めてもらってかまわない」

「いいえ。私たちはこの件を解決しなければならない。私たちには……もっと大きな船が必要だわ」

「どういう意味だ?」

「大きな鮫がいるなら、もつと大きな船が必要になる。それが私の知っていることよ。この件は新聞の紙面を大いににぎわせ、センセーションを巻き起こすだろう。だから、それ以上のセンセーションを巻き起こす必要がある」

「なるほど」

「いちばん大きなことは何かしら? 最も大きなことは……」

オーギーは突然、彼に面と向かって言った。

「あなたは結婚するべきよ」

マティアスはしばらくの間、彼女をじっと見つめた。「オーガスタ、きみの言うとおりだ。僕は結婚するべきだと思う。そして、その相手は……きみだと思う」

3

マティアスは初めて、これはやりすぎたかもしれないと悔やんだ。

彼はさまざまな方法で父親を破滅させることができた。笑顔でそうするつもりだ。というのも、ハビエル・バルカザールは、子供たちを意のままに操ろうとする過程で明言していたからだ。成功するには冷酷でなければならないと。

優しくしてはいけない。愛を与えてはいけない。愛を受けてもいけない。弱みを見せるのも、幸福や人生への熱意を見せるのもいけない。

だから、自分の父親と競合するビジネスを始め、父親の会社を吸収すると決断したとき、マティアスは自分の世間的なイメージを、あらゆる点でハビエルとは正反対のものにつくりあげようと決めた。父親があらゆる点で間違っていることを証明するために。

ハビエルが残酷なのは、そうせざるをえなかったからではなく、残酷に振る舞うのが好きだったからだ。そんな悪人がいい父親になれるはずがない。

マティアスは、自分がプレイボーイの仮面をかぶってゲームに興じていると確信していた。オーギーは彼のことを〝ピットブル〟と呼んでいるが、彼自身は、羊の皮をかぶった狼《おおかみ》だと思っていた。

そうではないと証明されるまでは。

だが、マティアスは油断し、プレイボーイという洗練された仮面をかぶり続けているうちに自分を見失い、過ちを犯した。自分の情報に誰かがアクセスすることを許すという過ちを。

道筋は決まっていた。長い間その道を歩いてきたのだから、目標を変更する必要はなかった。

それが問題だったのかもしれない。富を築き、何事もなかったかのように振る舞い、毎晩のように違った女性をベッドに連れこむ。そうした人生そのものが努力の上に成り立っていて、マティアスは立ち止まって考えたりしなかった。なぜなら、考える必要がなかったからだ。少なくとも最初の頃は。

セラフィナの葬儀のあと、マティアスは父親が成しえなかったことをすべて達成しようと誓った。父の聖なる名を受け継ぎ、それを別のものに変える、と。本来の自分とはまったく別の人間を装い、富と名声で父親を超えるつもりだった。父親から何かを盗んだことなど一度もないし、そうする必要もなかった。シャルメーヌが何を見つけたにせよ、彼女が考えていたようなものではないはずだ。

だが、マティアスにとってはそんなことはどうでもよかった。重要なのは世間の見方だった。

彼が望んでいたのは、ハビエル・バルカザールが時代遅れの役立たずであることを証明することだった。ハビエルのやり方は無意味な残酷行為にほかならないと。もしマティアスが父親から何かを盗むことで成功を収めたと世間に思わせることができれば、ハビエルは勝利の美酒に酔うことができるだろう。

そんなことを許すつもりはなかった。断じて。

「私？」

マティアスはオーガスタを見た。彼女はこの三カ月間、彼のアシスタントであり、客室乗務員でもあった。彼女はあらゆることに細心の注意を払っていた。彼は事実上、ジェット機で生活していた。そのため、機内で彼に付き添う彼女は、彼の人生の中で誰よりも多く目にする人物だった。

オーガスタは美しいが、なんの変哲もない女性だった。しかし、今朝の彼女はいつもとどこか違っていた。おそらく頬の赤みと荒い息遣い、そして茶色の長い髪が肩のあたりで乱れているせいだろう。私道を駆け上がってきたからに違いない。

あるいは、化粧をしていないせいかもしれない。普段は、とても自然で洗練された化粧をしていた。

こんな彼女を見ると、何か親密な感じがする。彼がそんなふうに感じる女性はめったにいなかった。

いや、そんなことはどうでもいい。彼女の美しさなど二の次だ。

とはいえ、もし婚約者が必要なら、その女性は信じられないほど美しくなければならない。マティアスはそう考えていた。

また、この三カ月間、オーガスタと多くの時間を過ごしていた。

もちろん、専用機の中でマティアスと関係を持ったという話をメディアに売りこもうとする女性もいるだろう。それについて彼ができることは何もなかった。そういう女性に彼は秘密保持契約《NDA》にサインをするよう求めはしなかった。たいていの場合、別れたあとも女性に対する彼の扱いは称賛に値するものだった。

女性たちは彼のことをほとんど知らなかったが、どの女性もベッドでの彼のパフォーマンスには満足していた。

マティアスが自分の生き方について一つだけ言えることがあるとしたら、誰に対しても意図せずに危害を加えることはないということだった。

罪のない人を傷つけることはない。

一方、罪を犯した者については……。

「むろん、説得力のあるストーリーを仕立てあげなければならない」マティアスは彼女に言った。

オーガスタは目をぱちくりさせ、口をぽかんと開けた。「いったい、どんな?」

「幸い、目撃者がいる。僕がほかの女性と一緒にいても、同じ空間にきみもいたことを知る者たちが」

「あなたの計画は常軌を逸しているわ」オーガスタは言った。「そう考えたことはある？」

「いや。僕の婚約者は、僕が長い時間を一緒に過ごした女性でなければならない。そんな女性はきみしかいない」

「ええと……つまり、私たちはつき合い始めたばかりなのね」

　オーガスタの目が輝くのを見て、マティアスは察した。彼女は乗り気になっていると。

「うまくいくかもしれない。確かにあなたにはほかの女性もいたけれど、私たちはプロフェッショナルな関係を保とうとしていた、と」

「当然だ。僕たちには契約があるんだから」

「来週までは」

「それまで待てない。今すぐに公表しなければならない。僕が父から秘密を盗んだという記事が出る前に。時間がない」

　言い終えるなりマティアスは携帯電話を取り出し、ＰＲ会社にメールを送った。

「よし。僕たちが婚約したという噂《うわさ》を流すよう伝えた。数時間以内に写真を提供するが、今すぐ噂が広まるのを願うよ」

「なんとまあ……こんなの、絶対におかしいわ」彼女はそわそわと指を曲げ伸ばししながら言った。

　奇妙だ、とマティアスはいぶかった。普段のオーガスタは洗練され、落ち着いて見える。ところが、今朝は度を失った様子でいきなりやってきて、以来、動揺がおさまる気配はなかった。

「オーガスタ、僕にとって重要なことなどほとんどないんだ。ただ、父の遺産から自分を切り離すこと、父のおかげで成功したという物語をメディアに流させないこと、この二点は譲れない。僕の父はひどい男なんだ」

「お父さんのことがあまり好きではないのね？」

マティアスと長く一緒に過ごす者はほとんどいない。彼はいつも動きまわっていた。しかしこの数カ月、オーガスタは頻繁に彼のそばにいたので、彼女が父親との不仲に気づいていたことに驚きはなかった。彼はいついかなるときも、ハビエル・バルカザールのことをよくは言わなかった。

　父親から電話がかかってきたとき、彼女は何度かその場に居合わせた。父親が電話をかけてくるのは、マティアスに過去を思い出させるためだった。父親から耳元に毒を吹きこまれるだけで、彼は自尊心が砕かれるのを自覚していた。

「ずいぶん控えめな表現だな」彼は答えた。「僕は父が嫌いだ。全身全霊で憎んでいる。孤独な老人になって早く死んでほしい。いや、長生きしてほしい。そうすれば、父の誇りをずたずたにすることができる。自身の体を含め、すべてコントロールできなくなり、人に操られて生きることがどういうものか思い知ればいい。僕は父を軽蔑している」彼は唇を噛《か》んだ。「そして、今回の件は、僕に対する最もひどい悪巧みだ」

「メディアに流された悪い噂と戦う価値があると思う？」

「いや」マティアスは声を荒らげた。「否定するにしても、すぐには無理だ。だから当面は、噂を笑い飛ばすくらいの鷹揚《おうよう》な態度を保ち続けるしかない。今までどおり僕の人生を生きるだけだ」

「でも、噂はデマなんでしょう？」

「いや、そうとも言えない。僕は父の会社の情報を確かに握っている。だが、それは父を監視するためだ」

「結局のところ、情報を盗んだわけね？」

「なぜそうしたのか、僕以外は誰も理解できない」

「まあ、世間はあなたのことを、成功をつかむためにその魅力を駆使してうまく立ちまわったハンサムなでくの坊だと思っているわ」

「そう思われたほうが僕にとっては都合がいい。敵が本当の僕に気づかないという状況がうれしいんだ。僕がでくの坊でないことは知っているはずだ、オーガスタ」

「ええ。でも、シャルメーヌの件に関しては別よ」

「確かに軽率だった。長い間この役を演じてきたせいで、ときどきうっかりしてしまうんだ」

オーガスタはかぶりを振った。「ただ、問題は、婚約したふりをして、結局別れることになったら、それが〈ユア・ガール・フライデー〉にどう影響するかよ」

「いつものように、友好的に別れるから、なんの問題もない。男女の関係がなくなったあとも、僕は元恋人たちのすべてと友だちづき合いをしている。僕は女性が好きだ。多くの男どもと違い、女性を利用したりはしない」

「それはそれは見上げたものね」

「僕をばかにしているのか？」

「ええ、そうよ。だって、あなたは自分が引き起こしたこの混乱を、ごくありきたりのこととして処理しようとしている。まったく違うのに」

「何がありきたりかどうかは知らないが、そんなことはどうでもいい」マティアスは反論した。「父に関して言えば、僕の頭の中には復讐《ふくしゅう》しかない。父が子供たちに何を望んでいたか知っているか？　服従だ。父は僕たちが父の思いどおりに育つことを望んだ。娘は天使のように愛らしく、あらゆる面で純粋でなければならなかった。そして、息子は父の右腕になるようしつけられた。僕たちは愛情をもって育てられたのではなく、彼の権威という鉄拳のもとで育てられた。だから、子供らしい暮らしなんてとうてい望めなかった」

オーガスタは彼の目から視線をそらした。「それは理解できるわ」

彼女が理解できるとは、マティアスにはとうてい思えなかった。なぜなら、ハビエル・バルカザールのような父親のもとで育つことがどういうことか、わかるはずがないからだ。

もっとも、それは公平な見方ではないかもしれない。だが、彼は公平さにこだわる男ではなかった。

また、マティアスはオーガスタを信頼していた。たとえそれが意味のないことであっても。しかし、彼女はマティアスのことを見ていた。ここ数年でほかの誰よりも、彼の無防備な瞬間を。オーガスタは彼を知っていた。だからこそ、婚約者は彼女でなければならなかった。

「あなたの申し出については、その条件を詰める必要があります」オーガスタは続けた。

「きみはNDAにサインしている」彼は言った。

「同様にあなたもサインをしなければならない」彼女は彼の目を見て言った。

オーガスタ・フレモントは小柄な体に似合わず、強い意志の持ち主だった。マティアスは彼女のそういう資質に気づいていた。初対面のときからオーガスタのことを気に入っていたが、彼女の同僚たちのように、〝オーギー〟と愛称で呼ぶのには抵抗を感じていた。小柄でかわいらしい彼女にはそぐわない気がしたからだ。とはいえ、ある意味、その愛称は彼女を体現していると言ってもよかった。ただ、愛称で呼ぶと、そこに彼がこれまで誰とも経験したことのない親密さが生まれる気がした。

「どうしてもと言うなら、そうしよう」彼は応じた。

「ええ、どうしても。なぜなら、あなたと婚約したことが公になれば、職業倫理に反すると見なされる恐れがあるから。私の顧客はきっと、私と性的な関係を持てるかもしれないと期待するでしょう。そして……」

彼女が頬を染めながら彼を見上げたとたん、マティアスは下腹部がうずくのを感じた。

ばかばかしい。僕を裏切ったあの女とセックスをしてからまだ半日しかたっていない。なぜ今、目の前に立っている女性に肉体的な興奮を覚えなければならないんだ？

彼女がおまえに興味を持っているからだ。心の声が指摘した。おまえが装っている男にではなく、本来のおまえに。

彼はその声を無視した。

確かに、マティアスは表の自分と裏の自分を持つ男だった。しかし、彼はそのことについて深く考えたためしはなかった。

彼を突き動かしているのは冷酷さであり、彼を抜きん出た存在にしているのはそのカリスマ性だった。古くから使われてきた比喩に、アヒルのような、という表現がある。表面は穏やかだが、水面下では必死に水を掻《か》いている状態を指す。だが、マティアスは自分をアヒルにたとえることはない。あえてたとえるなら、鮫《さめ》だろう。メディアは彼をゴールデンレトリバーにたとえるが。

「だから、きみたちは僕を〝ピットブル〟と呼ぶわけだ」マティアスはふいに気づいた。「僕がメディアの言うような男ではないことを知っているから。そうだろう？」

オーガスタは目を丸くした。「ええ、もちろん。自分がゴールデンレトリバーのように見えると本気で思っているわけではないでしょう？　従順で、みんなから愛される、幸せな家族のペットだと？」

「メディアの連中はそう思っているようだ」

「あなたはハンサムよ。そして、人々はハンサムな男性にポジティブな資質を当てはめるのが大好き。でも私は、あなたをゴールデンレトリバーにたとえるのが正当だと思ったことは一度もない。あなたはまったく違う」

「だったら、きみの目に僕はどう映っている？」

　オーガスタはわずかにたじろいだ。「あなたは危険だと思う。どんなふうに危険なのかは、まだわからないけれど」

「僕が企業スパイ行為を働いていると考えているのか？」

「いいえ、考えていない。私はあなたを信じます。でも、複雑な事情や話せない秘密がある気がする。だから、どうか真実を話して」

「過去の話はしない」

　オーガスタは大きなため息をつき、鼻の下をつまんだ。「ダイニングルームに行きましょう」

「なぜだ？」

「コーヒーが飲みたいから。朝早くに電話で起こされてあなたのことで問いただされ、まっすぐにここに来たので、コーヒーを飲む時間もなかったの。ところで、シャルメーヌはいつ帰ったの？」

「ここに一晩中いたわけじゃない。女性と朝まで過ごすなどありえない」

「まあ、とにかく、シャルメーヌがあなたのお父さんの給料をもらっている女性でないことは確かね」

　マティアスはうなった。

「なぜ彼女をオフィスの中に入れたの？」

「なぜなら、僕は……」マティアスは返答に窮した。自分が女性の誘惑に弱いことを認めたくなかった。ハビエルはそこに息子の弱点を見いだしていた。もちろん、マティアス自身は、それが自分の弱点だとは考えていなかった。単なるショーの一部にすぎないと思っていたのだ。とはいえ、いつしかショーと現実は一体化し、マティアスは一夜の恋人をつくることに関しては見境がなくなっていた。父親はそれを知っていて、今回の罠《わな》を仕掛けたのだ。

　彼が犯した過ちは、軽蔑するあまり、父ハビエルを過小評価し始めたことだった。ただ単に残酷なだけの人間にすぎないと油断していたのだ。そして、その残酷さを愚かさのあかしだと思いこんでしまった。もちろん、違う。人は残酷であると同時に、恐ろしいほど賢い場合もある。それは世の中の大きな不公平の一つだ。

ハビエル・バルカザールは賢かった。

だが、マティアス・バルカザールはもっと賢い。

父親は経済的な損失に対する復讐をもくろみ、息子は妹を失ったことへの復讐を誓っていた。

マティアスの動機は深く激しく、常に彼に勝利をもたらした。

実際、怪物ハビエルは二度と息子に勝てなかった。

今、マティアスはダイニングルームに足を向けた。オーガスタがあとをついてくる。彼はキッチンに入るなり言った。

「スタッフがコーヒーをいれてくれた」

「すばらしい」彼女は声を弾ませた。

オーガスタはコーヒーカップを二つ持って戻ってきて、一つを彼の前に置いた。それからテーブルの反対側の端に腰を下ろし、コーヒーカップから立ちのぼる湯気越しに彼を見つめた。

「この関係は純粋に見せかけだけのもので、婚約発表はするけれど、結婚式は挙げない」

「了解」

「契約書に明記します。それから、私たちの間に性的接触はなし」

「大切な人《テソーロ》、公の場ではある程度の身体的接触が必要なことはきみも理解していると思う」

「ある程度は。でも、人前での雰囲気づくりは、あなたがロマンティストとして振る舞えるかどうかにかかっていることを忘れないで」

「何が言いたい？」

オーガスタは肩をすくめた。「もしあなたが私をいつもと違う目で見たり、いつもと違うやり方で私を抱きしめたりしたら、怪しまれるんじゃない？」

「そこまで気がまわるのに、なぜきみは広報担当にならないんだ？」

「思慮分別のない億万長者のあれやこれやを管理するなんて、私にはできないもの」

「そう言いながらも、きみはそれを見事にこなしている」マティアスは辛辣な口調で言った。

「私はあなたの騒ぎに巻きこまれ、望もうが望むまいがその渦中にいる。つまり、相応の責任は負わなければならないということよ。私はそれを受け入れ、不死鳥のように切り抜ける。あなたのお父さんの灰からよみがえって。あなたの灰ではなく」

オーガスタはコーヒーカップを手に取り、一口飲んだ。

「きみは非情だ」

「ええ、そうかもしれない。私は何者でもなく、富も地位もない。オレゴン州の小さな町に生まれ、世界を見るなんて考えたこともなかった。ただ生き延びるためにほとんどの時間を費やしてきたの。複雑な政府の仕組みや欠陥だらけのアメリカの医療制度をかいくぐりながら。介護もやったけれど、二度とやりたくない。人のためではなく、自分のために何かをしたいの」

もしマティアスが普通の男だったら、さらに詳しく尋ねたかもしれない。だが、彼は他者の人生に関心はなく、オーガスタも例外ではない。

それでも、彼女の激しい物言いを、強い信念を無視することはできなかった。

「わかった。ロマンティックに振る舞うよう心がけるよ」

マティアスは彼女と寝るつもりはなかった。なにしろセックスがきっかけで今の苦境に陥ったのだから。彼はいくつかのことを見直す必要があると感じていた。それはなかなか厄介だった。なぜなら、彼は百パーセント、今の自分の役割に身を投じていたからだ。いっさい妥協せずに。彼はさまざまな面で世間一般の〝マティアス・バルカザール〟像を壊さないようにしなければならなかった。そのことで立ち止まって考えたりはしない。彼の演じるキャラクターはけっして自己反省などしないからだ。

　僕が最後に自分自身を省みたのはいつだろう？　マティアスはふと思った。おそらく、前回の経験があまりにつらいものだったので、もう二度と自省はするまいと決めたのだ。

　自分の心と世界を、魂と自分自身とのつながりを断ち切ることが、前進するための最も効果的な方法に思えたからだ。

「きみには、僕の要求に常に対応できるようにしてもらう必要がある」

「ええ」彼女はうなずいた。「しばらくの間は」

「二カ月間だ。その時点で見直すことにしよう」

「わかったわ」

「だが、もしこの件に片がついたと僕が感じない限り、きみとの契約は続くことになる、オーガスタ」

「首尾よくすべてに片がついたら、私のことを高く評価すると約束してちょうだい。私の人格に傷がつかないように。そして、あなたの裕福な友人全員に、私と私のビジネスを推薦して」

　マティアスは笑い、肩をすくめた。「僕は過去につき合った女性たち全員と友好関係を保っていて、このことは広く知られている。だから、僕たちが婚約を解消しても、きみの評判が落ちることはない」

「あなたの評判もね」

「ああ。万が一そうなったら、すべてが無駄になってしまう」

「そのことも二カ月後の再評価の対象になるわね。ネットの風向きがどうなっているか調べましょう」

「いつホテルから荷物を引き上げられる?」

「バッグは一つきりだから、すぐにでも」

「よし。さっそくロンドンに飛ぼう」

「ロンドン?」

「メディアの注目を浴びるには最高の場所だ。あるいは、ニューヨークかロサンゼルス。どちらにも僕のオフィスがある」

「いいえ、やっぱりロンドンよ」彼女は自分の手に目を落とした。「二人で公の場に出る前に〈ユア・ガール・フライデー〉に立ち寄りたいの」

「別にかまわないが、二時までに僕のペントハウスに来てくれ」

「わかったわ」

「よし、あとは新しい客室乗務員を確保し、出発するだけだ」

4

オーギーは新しい客室乗務員を確保するという彼の言葉の意味について充分に考えていなかった。そのため搭乗して初めて、自分が客室乗務員としてではなく、マティアスの客として扱われていることに気づいた。酒棚の横に立っていた女性が、普段のオーギーと同じような服を着ているのを見て、彼女は幽体離脱したような錯覚にとらわれた。

「何かお飲み物をお持ちしましょうか?」

オーギーは目をしばたたいた。「ええ」

「シャンパンを」マティアスが言った。「お祝いしよう」

新しい客室乗務員は、何を祝うのかは尋ねなかった。彼女のような立場の人たちは、雇用主が言いたいのであれば、自ら明らかにすることを知っているからだ。もちろん、オーギーも知っていた。

彼女は、マティアスの同伴女性がいつも座っているところに彼と並んで座っていた。

ほどなくシャンパンが運ばれてきた。フルートグラスの縁までなみなみとつがれている。オーギーはシャンパンを一口飲んだ。間違いなく、これまで飲んだ中で最高のシャンパンだった。

事の経緯を、オーギーは同僚に報告しなければならなかった。イリンカはその機転のきいた行動を称賛するだろう。リンナは少し警戒するだろうが、おおむね理解を示すはずだ。繊細な心を持つモードは傷つくかもしれない。

オーギーとしては、ロマンティックな気分になる余裕はないと感じていた。これまで男性との逢瀬《おうせ》を楽しんだことはなかった。やり遂げるべき大切なこと、償うべきこと、取り戻すべき経験が多すぎたからだ。人間関係の構築は彼女の中では優先順位が低かった。人と関係を結ぶと相手に対する義務が生じるからだ。それは彼女の望むところではなかった。

だから、今の状況は、少なくとも彼とのロマンスに関してはなんの意味もなかった。

そして、マティアスの魅力に関しては……。

オーギーは彼のことをよく知っていた。彼の奔放な行動をいやというほど見てきた。それに巻きこまれるほど、彼女は愚かではなかった。

彼はメディアが報じているような人物ではないかもしれないが、セックスには貪欲だった。

別にかまわない。彼が決めたことだから。けれど、巻きこまれるのはごめんだ。

オーギーは何かに飛びこむ前に、その分野での専門家でありたいと願ってきた。そして、マティアスとの性的な接触には専門家レベルのスキルが必要なのに、彼女には初級レベルのスキルすらなかった。

シャンパンを飲み終えると、マティアスが手を差し伸べてオーギーを席から立たせた。彼の手は温かく、想像していたよりもずっと力強い。彼女の心臓は喉元までせり上がった。

「そろそろ寝る時間だ」

マティアスにじっと見つめられ、オーギーは息をするのもままならなかった。それでも、彼のあとについて寝室に入った。そこは先だって、シャルメーヌが彼の写真を撮っていないことを確認するために忍びこんだ部屋だった。

彼はドアを閉め、ベッドに横になった。「しばらく待つしかない」

オーギーはぴたりとドアに体を押しつけた。

「きみに手を出すつもりはないよ」マティアスは仰向けになり、天井を見上げた。

「ええ、わかっているわ」オーギーは応じた。「ただ、ちょっと居心地が悪くて……」

「なぜだ？」

「あなたが女性と楽しんだあと、私は何度もここに来たの。まずい写真を撮られていないか、彼女たちの携帯電話をチェックするために」

「そこまで注意する必要があるとは思えないが」

「あなたって本当に世間知らずなのね。笑っちゃうくらいに。実際に、人に見られてはまずいあなたの写真を、私は何度も削除してきたのよ。もちろん、彼女たちに気づかれることなく」

マティアスは目を見開いた。「冗談だろう？」

「いいえ」

「そんなことをするやからがいるとは思えない」

「でも、実際にあなたのはしたない写真がネットで出まわっている」

「僕の体に欠陥があるように見えるか？」

「裸がネットでさらされてもかまわないわけ？」

「だからといって、全世界に裸を公開したいわけではないでしょう?」

「つまり……きみは僕の裸をネットで見たことがあるんだな?」

「こういうことが起こるのではないかと心配していたからよ。一線を越えているもの」

「僕の質問に答えてくれ」マティアスは促した。

「ええ、確かに。でも、興味本位じゃないわ」

「なるほど、きみはかなり自制心が強いわけだ」

「こんな状況下でも、あなたのエゴがとても健全で、少しも傷ついていないとわかって安心したわ」オーギーは皮肉めかして言った。

「僕のファイルに侵入するような者を、雇ってはいない」

「あなたは、ファイルの管理も充分ではなかった」

「確かに、僕は自己満足に陥っていたかもしれない。その点は認めよう」

「まあ、自分に関する報道を鵜呑《うの》みにしないようにするのはなかなか難しいことでしょうね」

マティアスは顔をしかめた。「自分に関する報道を鵜呑みになどしていない。それがいかにいいかげんか、僕は知っている」

「世間があなたのことをどう思っているか、あなたは知っているはず。あなたは女性たちからとても愛されているプレイボーイだけれど、その中の誰かがあなたを狙っているかもしれない」

「そうは思わない」

「でも、関係を持った女性を、あなたは知っているの? この部屋で言葉を交わした女性は私が初めてではないでしょう?」オーギーはこんなことをくどくど言う自分がいやになった。けれど、そうせざるをえなかった。この手の話題のせいで居心地が悪くなっているにもかかわらず。閉ざされた空間で、彼とセックスや彼の体について話すことに息苦しさを覚えているにもかかわらず。

オーギーは自分が何者か知っていた。もし恋人をつくるとしても、それはマティアスではない。あまりにも多くの問題がある人ではない。私の中にこれほど強力な感情を呼び覚ます人ではない。

とはいえ、女性なら誰もが私と同じ反応を示すだろう。なぜなら、彼はマティアス・ハビエル・ヘルナンデス・バルカザールであり、世界で最も美しい男性だからだ。もし私がこんなふうに彼に反応しなかったら、それこそ奇妙というものだ。

もし私が恋人をつくるとしたら、おそらく相手はイギリス人だろう。雨の昼下がりにコテージで会い、お茶を飲んで静かに愛し合う……。マティアスを相手に、そんな光景は想像もできなかった。

オーギーは、ベッドでの彼の振る舞いは荒々しく、露骨な言葉が飛び交うものだと思っていた。一瞬そんな光景が脳裏をよぎっただけで下腹部が締めつけられるのを感じたが、無視した。

「ああ」マティアスは認めた。「もっとも、話はめったにしない。なのに、きみとはこの数時間で、ここ何年も誰とも交わしたことのないほどあけすけな会話を交わした」その口調は少し不機嫌そうだった。

不思議としか言いようがない。この人が私に、ほかの誰よりも多くのものを与えていたなんて。

しかもほかの女性とのつながりは肉体的なものだが、私とのつながりはそうではない。

肉体的なつながりがどんなものか、オーギーには理解できなかった。理解したいとも思わない。ただ、どうしても理解しておきたいことが一つあった。

「あなたは、どうして父親を憎んでいるの？」

「きみは僕のことを調べたんだろう？」

「ええ、おおよその経歴は」

「じゃあ、僕に妹がいたことも知っているはずだ」

「知ってるわ」

「きみが知らないのは、妹の死に僕が責任を負っていることだ」

マティアスは彼女がその情報を処理する様子を見ていた。唇を固く結んで、彼が今言ったことを理解しようとしている。オーガスタに助けられたにもかかわらず、なぜこんなふうに追いつめたのか、彼にはわからなかった。

おそらくは、オーガスタがこれに本当に耐えられるかどうか確かめたかったのだろう。それは容易なことではないからだ。実際、ハビエルは彼に狙いを定めていて、それは多くのことを意味している。だから、僕とオーガスタの間に秘密はあってはならない。マティアスはそう思った。いずれ物事は明らかになるのだから、その前にすべてを打ち明けたほうがいい。

ハビエルは手段を選ばない。

「あなたに責任があるの？」

「そうだ。説明するには、父がどのように家を切り盛りしていたか、そこから始めなければならない。母はおとなしく、従順だった。それ以外に、父との結婚生活を乗りきる術《すべ》はなかった。父は残酷で、鉄拳で母を支配した。ただし、僕たちを殴ることはなかった。父は感情を操るのが上手で、ある目標を設定し、それを僕たちがクリアしても、〝まだクリアしていない〟と言うのが常だった。父は頻繁に評価基準を変えたが、僕は懸命に努力した。父の望むような息子になり、父を喜ばせたかったからだ。セラフィナは反発した。母に対する父の仕打ちに我慢がならなかった妹は、父の要求に従うのを拒んだ。セラフィナの反抗が始まると、父はそれを止めようとあらゆる手立てを講じた。経済的な援助を打ち切り、母がセラフィナと話すのを禁じた。それでも僕は連絡を取り続けた」

　マティアスはそこで、一息ついた。

「のちに、父がそれを許していたのは、支配欲のためだと気づいた。僕とセラフィナの間につながりがある限り、父はまだ妹に近づくことができたからだ。セラフィナがまだ家族の中で気にかけている人がいる限り、そこにつけこむことができたから。当時の僕は……父のしていることは必要なことだと確信していた。当時の僕は少年であり、父の所有物、忠実なロボットだった。僕は父に倣ってスタッフに命令し、冷酷なまでに振る舞っていた。そして、セラフィナにこう言ったんだ。〝家に戻って父の要求にすべて従わなければ、僕はもうおまえを養うことも、おまえの人生に関わることもできない〟と。その夜、セラフィナは薬物を過剰摂取した。彼女のことを気にかけてくれていると思っていた唯一の家族である僕に裏切られたからだ」

　これまでマティアスはこの話を誰かにしたことはなく、自分の耳にも奇妙に聞こえた。頭の中では何度も繰り返し話していたが、そのたびに罪悪感は大きくなっていった。

　彼はそんな自分を憎んだ。オーガスタに話したところで、少しも変わらなかった。むしろ、親の言いなりになっていた二十歳の頃の自分に少し近づいた気がして、自分を憎む気持ちが少し強まった。

「自分自身を知るにつれていちばん恐ろしいと感じたのは、僕が愛する人を傷つける能力を持っているということだ。父に洗脳され、操られたせいで。そして、自分が思っているほど賢くないと気づいたとき、僕はすべてを終わらせなければならないと思った。セラフィナの葬儀で涙も見せずに立っている父を見たとき、僕は父を殺してやると誓った。それだけではなく、父が世界をどう見ているかなど、なんの意味もないことを証明しようと。そして、父が僕に〝なるな〟と命じたような人間になろうと決めた。

父と競争して勝ち、破滅させるために。いいか、オーガスタ、僕は父の秘密など盗みたいとは思わないし、その必要もない。だが、父の動向は常に把握しておきたいんだ」

「ごめんなさい、マティアス。知らなかった……」

彼女の言葉は慰めのように聞こえたが、彼は無視した。「知っているわけがない。誰にも話したことがなかったのだから。どうでもいいことだ。もう過去は変えられない。それこそが復讐《ふくしゅう》計画《けいかく》の本当に恐ろしいところだ、オーガスタ。何も解決せず、すでに荒廃した風景に、さらなる破壊が加わるんだ」

「そう思うなら、なぜ復讐にこだわっているの？」

「焦土を望んでいるからだ。何も修復したくないし、修復は不可能だとわかっている。ただ父を破滅させて地獄を見せてやりたいんだ」

「やっぱりあなたはピットブルなのね」

「たしかピットブルはさほど攻撃的ではないと言っていなかったか？」

「ええ、たいていは攻撃的じゃない。言ったように、彼らは反応的なだけ。でも、虐待されると……牙をむく」

「それなら、僕はピットブルかもしれない」

オーガスタは何かを悟ったようにじっと座っていた。次に口をついて出た問いは彼の仮面に関することだった。「あなたはなぜ、メディアに自分のことを単純だと思わせたいの？」

「基本的に、僕は知られざる存在でありたいからだ。これまでのすべての出来事が、それが効果的なことを示唆している。実際、ほとんどの人が僕のことを脅威と見なしていない」

オーガスタはうなずいた。「だから、あなたは自由に動けると」

「そのとおり。愚かな息子が父親の事業をつぶした——これ以上大衆受けするストーリーはない。冷酷だとか、聡明《そうめい》だとか、厳格だとか、そんなふうに思われないほうがいい。父にとっては、そのほうがより屈辱的なものになる」

「すべて計算ずくなのね」

「ああ、すべてだ」マティアスは言った。「首尾よく父を破滅に追いこんだあとどうするか以外は」

「ただ漠然と生きていくだけじゃない？」

「そうかもしれない」だが、彼は本気でそう答えたわけではなかった。

実のところ、マティアスは痛みを麻痺《まひ》させることに長《た》けていた。酒やセックスで悲しみを紛らすことに。ドラッグには手を出さなかった。セラフィナを死に追いやったのはドラッグだったからだ。だから、彼は妹に違法ドラッグを売った連中の懐を潤すようなまねは絶対にしなかった。

「あなたにはあなたの人生があるのよ」

「僕の妹にはもう人生はない。僕のジレンマがどこにあるかわかるだろう？」

「自分の人生を生きることこそ、妹さんへの鎮魂になるんじゃないかしら？」

「きみに何がわかる？」マティアスは声を荒らげた。

「悲しみについては知っているわ。比較可能かどうかは別にして」

「何と比較して？」

「母は私が十八歳のときに亡くなった」オーガスタは悲しげにつぶやいた。「私は父を知らず、母が唯一の身内だった」

「すまない。だが、僕に言わせれば、悪い父親を持つよりは、いないほうがいい」

「そうでしょうね」彼女は同意した。「本当のところはわからないけれど」

マティアスはおもむろにうなずいた。オーガスタは十八歳で天涯孤独の身になった。そして、裕福な家庭に育ったようには見えない。彼女はどうやって生き延びてきたのだろう？　知りたかったが、尋ねなかった。なぜなら、今の彼女がその答えを体現していたからだ。毅然《きぜん》とした態度。不屈の精神。

「もうすぐ着くでしょうから、その前に少し仕事をしていいかしら？」

「パソコンを持ってきたのか？」

「ええ。ちょっと席を移るわね」そう言ってオーガスタは席を移動し、仕事を始めた。

マティアスはその姿に魅了された。オーガスタのすさまじい集中力に。ただ単に客室乗務員として働いているときには見たことがないような、内に秘められた情熱を感じた。とはいえ、まったくの別人というわけではなかった。自分では認めたくないと思うほど、マティアスは彼女に興味を持っていることに気づいた。そして、それはいいことだと思った。なぜなら、これから数カ月間にわたって、彼女と多くの時間を共に過ごすことになるのだから。

5

ロンドンに着いてマティアスと別れるまで、オーギーは自分がちゃんと息をしていたとは思えなかった。彼女は急いで、ロンドンの小さいけれどすてきな〈ユア・ガール・フライデー〉のオフィスに向かった。そして二階のスイートルームに着くやいなや、両手を広げて高く掲げた。

「解決策を思いついたわ」

「まあ！」イリンカがすぐに反応した。「ほっとしたわ。私の知り合いから、大きな嵐が到来しそうだと聞いていたから」

「私、彼と婚約しているふりをすることにしたの」

誰もがオーギーを見つめた。目を見開き、ぽかんと口を開けて。イリンカの表情が曇り始める。

「なんですって?」リンナが尋ねた。

「もっと大きなボートに乗ろうと決めたの。もっと大きな見出しに。〝悪名高きプレイボーイ、マティアス・ハビエル・ヘルナンデス・バルカザールが放《ほう》蕩《とう》生《せい》活《かつ》に終止符!〟という見出しにね」

「いい考えとは思えない」リンナが言った。

たちまちオーギーは腹を立てた。「あら、リンナ、今から悪い考えについて話すつもり? 私たちはみんな、それについてどう考えているか知ってる? だって、私たちはみんな、あなたが年に一度、アサン・アカキオスの家に泊まりに行き、彼のために食事をつくるのは悪い考えだと思っているのよ。なにしろ彼は、あなたの家族全員を破滅させた男の息子なんだもの」

リンナはオーギーの当てこすりを払いのけるようにさっと手を振った。「あなたは私の最終計画を知らないでしょう。たぶん、長期戦になる。〝チョコレートによる死〟がいつも比喩だとは限らないわ」

「だけどリンナ、もしあなたが勤務時間中に殺人を企てているなら、私たちはそれを知る必要がある」モードが口を挟んだ。彼女は生き物が苦しんでいるのをけっして見過ごせない。けれど、どうやら暗い魂を持つギリシアの美しい億万長者は例外らしい。

オーギーがリンナに何も言えずにいると、モードが大きくて思いやりに満ちた目を向けてきた。

「リンナのことはさておき、なぜあなたなの、オーギー?」モードが尋ねた。

「だって、彼の計画に乗ってくれ、しかも信頼できる人をすぐに見つけるなんて無理だもの。でも、私はそこにいたの。私がやるしかないわ」

「何と引き替えに?」

「人脈よ。彼は我が社の顧客ベースを私たちの想像をはるかに超えるほど大きくする手助けをしてくれる。私はそう信じているの、心から」

「そうかしら？」イリンカが疑念を呈した。「顧客と婚約したふりをすることで、何が問題になるかわからないの？　あらゆるいやがらせを受ける可能性がある。私は顧客とは一線を画すことを常に心がけているけれど」

彼女の言い分に一理あることをオーギーはわかっていた。イリンカの仕事は厄介で、何よりも慎重さが要求されるからだ。仕事柄、彼女がそれに携わっていることは広く知られてはならないが、必要とあらば適切な人たちに知らせなければならない。そんなとき、顧客たちにイリンカがエスコート・ガールだと誤解されるようなことがあってはならない。彼女は明確に顧客と一線を画す必要があるのだ。

オーギーはそれを羨ましいとは思わなかった。

「ええ、もちろんわかっているわ」オーギーは語気を強めて言った。「今回の件がどれほど大きなリスクを伴っているか、私は充分に理解している。でも、信じて。いずれにせよ、これは厄介な状況よ」

「オーギー、私たちは手を引くこともできるのよ。私たちがピットブルの後始末をする必要はない」

「でも、ここで撤退したら、〈ユア・ガール・フライデー〉の評判がどうなるか想像してみて」

全員が顔を上げた。三人ともオーギーが生《い》け贄《にえ》の子羊になることに賛同していないのは明らかだった。その一方、誰もが彼女の計画が会社を利することを理解していた。

「私は安全だって約束するわ。今すぐ契約書をつくる」オーギーは白いデスクにつき、コンピューターと相対した。

オフィスは明るい色、ゴールドやパステルカラーで満たされている。彼女たちは男性に負けないくらいタフだが、女性らしさを犠牲にしてまでそれをアピールする必要はなかったからだ。

だが、それが今のオーギーの問題なのかもしれない。彼女は何か一つやるたびに、あまりにも多くの過ちを正そうとしてきた。正直な話、全員がそうだった。〈ユア・ガール・フライデー〉は、彼女たちが何かを証明したいという願望だけで成り立っていると言っても過言ではなかった。

彼女は文書ファイルを開いた。秘密保持契約書の定型文だ。

「彼と寝るつもりはないんでしょう？」イリンカが尋ねた。

「もちろん」オーギーは居心地の悪さを感じながら答えた。同時に、いたずらを見つかったような気持ちになり、笑いたい衝動に駆られた。

「だったら、契約書にそのことを書いておいて」

急に体がほてり、オーギーは当惑を覚えた。イリンカに、頭の中を、秘密の妄想を見透かされている気がした。

「信じて。そのことについてはもう話したでしょう。イリンカ、あなたが契約書の内容を逸脱しようとする男たちをたくさん相手にしていることは知っているわ」

「今は違う。私の評判は行き渡り、顧客もわきまえているから」

「よかった。あなたの評判が私を守ってくれるといいのだけれど」彼女が最初に着手したのは、身体的接触は公の場に限られる、必要以上の身体的接触はしない、という条項を追加することだった。

「腰より下は接触禁止にするべきよ。または前面は腰より上」

「利用規約に〝私に触れないで〟とでも書けっていうの？」

言い返しながらも、オーギーは胸が重苦しくなった。マティアスは私に触れようとはしなかった。私も彼に触れてほしくない。マティアスがそんな下品なことをするなんて、考えるだけでも滑稽きわまりない。彼の行動はすべて性的なものに結びついているけれど、そこに貪欲さや激しさはなかった。

オーギーは飛行機の中で、彼の手が連れの女性たちの体をかすめるのを何度も見ていた。意識をほかに向けようとしても、無駄だった。

彼の全身から放たれる生々しい性的なエネルギーを遮断しようとオーギーは最善を尽くしたが、当然のことながら、至難の業だった。

自分が彼のそういうところに弱いことを、オーギーは認めたくなかった。率直に言って、彼女は何に対しても、誰に対しても、弱い人間にはなりたくなかった。

「あなたは怒っているようね」モードが指摘した。

「そんなことないわ」オーギーは否定し、契約書の作成が終わるとすぐに、彼のアドレスに直接メールを送った。そしてノートパソコンを閉じて立ち上がった。「私がハリネズミみたいだなんて言わないでね、モード。私は大丈夫。正直に言うと、みんなに話しておきたかったの。今夜、何か大きなことが起きそうだって」

「不吉な響きね。ファンタジー小説の予言みたい」モードは言った。

「いいえ、全然違う。でも、ありがとう」

インターホンが鳴った。

「ミズ・フリーモント、車が到着しました」

オーギーは首をかしげた。携帯電話を見ると、マティアスからメールが届いていた。

〈今夜の準備をしなくてはならない。差し向けた車に乗ってくれ〉

オーギーは眉をひそめた。

「なぜ眉をひそめているの？」モードが尋ねた。

「彼がうっとうしいからよ。でも……もう約束を交わしているから。しばらくはピットブルにつき合うって」

「貞操を守ってね」リンナが言った。

「ありがとう、リンナ。貞操帯は持っている？」

「いいえ」リンナはにっこりした。「必要なかったから」

「私は大丈夫」オーギーは請け合い、オフィスを出てエレベーターに駆けこんだ。

　携帯電話に目を落とし、返信する。

〈これが屈辱的なものにならないよう願うわ〉

すぐに返信があった。

〈僕が誰かを辱めたことがあったか？〉

いい指摘だわ。オーギーは胸の内でつぶやいた。

〈さあ、私にはわからない。長いフライトの間、私はずっとあなたの寝室にいるわけではないから〉

〈おもしろい〉

〈ええ、私はとてもおもしろい女よ、マティアス〉

〈知らなかったよ〉

〈当然よ。あなたは私とは一度もまともに話したことがないんだから〉

　オーギーはこれまで、マティアスの愉快なところや機知に富んだ受け答えをしている様子、暗い怒りに駆られている姿など、いろいろな面を見てきた。それでも、彼女はマティアスにとっては何者でもなかった。まったく。

　そのことがかえって自分に有利に働いていることにオーギーは気づいた。彼は私のことを知らないのだ……。

　エレベーターが一階に着くまでずっとそのことを考えていた。

　外に出ると、縁石に真っ黒なリムジンが止まっていた。オーギーはドアを開け、シートに滑りこむなり、彼の固い体に押しつけられて悲鳴をあげた。

「あなたが乗っているとは思わなかったわ」彼女は怒った猫のように飛びのきながら言った。

「その言い訳は説得力がないな」

「びっくりしたのよ。まさか車の中に人がいるなんて思わなかったから」

「なるほど」

車が走りだすと、オーギーは車の隅に身を寄せた。

「ペントハウスにスタイリストを何人か呼んだ」

「そうなの？　イメージチェンジが必要かしら？」

彼は、世間の人たちにいつも見せるのとはちょっと違う、自然な笑みを浮かべた。「いや、基本的には今のままでいい」

「つまり、中途半端はだめで、変えるなら徹底的に変えないと受け入れられないというわけね。あなたは進歩的なプレイボーイだと思っていたけれど？」

「進歩的というのが、女性を愛し尊敬しているという意味なら、そのとおりだ」

「たいていの人は、あなたのように奔放な性生活を送っている男性が女性を尊重しているとは思えないと主張するんじゃないかしら」

「それは、セックスを本質的にやましいものだと考えている場合にのみ言えることだ。僕は、セックスのために人を利用するのは無礼だと考えている。自分勝手に振る舞い、ベッドを共にする女性を自分より劣っている、あるいは自分と寝ることを選んだという理由で軽蔑に値すると見なすような男は、絞首刑に処すべきだ」

「厳しいのね」オーギーは言った。

「そうした女性蔑視が、男たちが世界にもたらした解決不能な大問題の一因になっていると思う」

「説明して」

「男は女性が性的にオープンであることを望んでいる。だが、実際にそういう女性がいたら、こぞって非難する。僕はその点において、男は二重基準を設けていると常々思っていた。僕自身は、そうした行動をとったことはない」

「あなたのお父さんがそういうタイプの人だった」

オーギーは思い出した。

「ああ。他者には厳格な基準を設け、自分には課さなかった。偽善者だ。僕は偽善者には我慢ならないんだ、オーガスタ。僕の妹は反抗的な女性を嫌う社会からひどい仕打ちを受けた。反抗的な女性はつぶすべきものであり、育てるべきものではない、と。僕にとって強みであったものが、妹にとっては忌むべきものと見なされた。僕は父への復讐《ふくしゅう》に躍起となるあまり多くの罪を犯した。だが、女性を傷つけたことはないし、他人に対する基準とは違う基準で自分を甘やかしたりはしない」

「なのに、私には変身を求めるのね」オーギーは皮肉ったものの、彼の妹の話が出たことで、口調は穏やかだった。

「僕はもうすんでいる。かつての僕がどんなだったか、きみは正確には理解していないと思う。僕はスーツを軍服として着ていたかもしれない。冗談を言うどころか、笑うことさえほとんどできなかった。気のきいた話で仲間を楽しませることも、帽子から兎《うさぎ》を出すこともできなかった。ちなみに、今はどちらもできる」

「安っぽい手品？」

「手品はいろいろなことに使える」

奇妙なことに、オーギーは頬がほてるのを感じた。ばかげたイメージが脳裏に浮かんだからだ。ラスベガスや安っぽいショーの光景が。しかし、マティアスの口ぶりや彼女を見る目から察するに、彼がまったく別のことを話しているのは明らかだった。

なのに、体は反応せずにはいられない。オーギーは少しだけ自分が嫌いになった。あまりにもマティアスに影響されやすい自分が。

彼にはなんら恥じるところはなく、まさに見かけどおりの男性だった。彼と関係を持った女性は皆、自分が何を求めたのかよく知っていた。それは周知の事実だった。

「それがあなたの秘密？」

「何が？」彼はきき返した。

「あなたは女性に何も約束しない。ある意味、あなたはとても正直だわ」

「ある意味では」

　もちろん、オーギーは彼が誰に対しても激しさを隠していることも知っていた。彼女はそれを見ていた。その激しさは女性を罠《わな》にかけることができる。彼が気楽で愛想のいい人間を演じているときは、それがすべてだと人は簡単に信じてしまう。彼に深い部分など何もないと。そのため彼のことを、手軽によじのぼれるジャングルジムのようなものだと女性は考えがちだ。

　もちろん、オーギーではない。彼と関係を持ったことのある女性の話だ。なぜなら、オーギーは彼の激しさを目の当たりにしてきたからだ。

　そのとき、車が止まり、物思いは途切れた。

　マティアスのペントハウスがある建物は美しく、最新設備が整っていた。オーギーは以前にも来たことがあるが、彼のペントハウスの中に入ったことはなく、ロビーに足を踏み入れただけだった。金と大理石がふんだんに使われたロビーは、優雅で華々しく、マティアスにふさわしい。

「あなたはスカーレット・ピンパーネルよ」オーギーは思わず口にしていた。

「なんだって？」彼はペントハウスまで直通のエレベーターのドアを開けながら尋ねた。

「ちょっと考えていたの。あなたは自分の本性を隠し、人々があなたを過小評価するように偽装している。前に本で読んだの。フランス革命のとき、貴族が絞首台から逃れられるよう手助けをしていた人が、ばれないように頭が空っぽの道楽者のふりをしたという話で、映画にもなった。母はその映画をかなり気に入っていて、私も何度も一緒に見たから、本を読んだふりはできるけれど、本当は読んでいない」

「僕はその男と同じだと？」

「ええ、基本的に。あなたは人に過小評価されるのを期待している。だけど、それはあなたの望むような方向で、という条件がつく」

「そう、あくまでも僕が望むような方向で過小評価されるよう仕向けている」マティアスは苦笑した。

　エレベーターが最上階に到着し、ドアが開くと、オーギーの目の前に彼のペントハウスの壮大な空間が現れた。彼女は豪華な室内にじっくり目を凝らそうとしたものの、すぐさまスタイリストらしき何人もの男女が押し寄せてきて、それどころではなくなった。

6

マティアスは書斎にこもった。オーガスタをスタイリストたちの手に委ねて。彼女はこの成り行きにいらだっているように見えたので、高給取りの専門家チームに任せるのが最善だと考えたのだ。

　彼はまず、父親に電話をかけた。

「こんにちは《オラ》」彼は言った。「調子はどう？《コモエスタス》」

「マティアスか？」父親はスペイン語で尋ねた。

「ああ。いつまた連絡がつくかと思っていたんだ。こんな状況で話さなければならないのは残念だ」

「おまえが私の会社から盗みを働いていたという状況でか？」

「見事にでっちあげられた作り話だ」マティアスは

鼻で笑った。

「あの娼《しょう》婦《ふ》が私に送ってきた情報が間違っているとは思わない」

マティアスは怒気を込めて言い返した。「いいや、父さん、スパイをさせるために女を雇い、その女がうまくやったからといって図に乗らないでくれ」

「私がおまえに何も与えなかったなどと言うな」

「そうは言えないかもしれない。だが、あなたは僕から大事なものを奪った。僕は絶対に許さない」

「妹のことでまだ腹を立てているなら、おまえは理解しなければならない。使い捨てにできる人間がいることを。そういう連中は何者にもなれない。セラフィナはあと十年は生きられたかもしれないが、どのみち若くして死んでいただろう。それについては、私を信じることだ、絶対的に」

「よくも自分の娘についてそんなことが言えるものだ」

「私に娘はいない」

マティアスの血管を怒りの炎が走り抜けた。「なんであろうと、僕はあなたから盗んだりしない。僕が大切に思うものをあなたは何一つ持っていないからだ。そのことだけははっきりさせておく」

そのとき、マティアスは悟った。自分の本当の望みを伝えてやれないのが残念でたまらなかった。彼が本当に望んでいたのは、父親の首に手をかけ、目から生気が消えるまで絞め続けることだった。だが、それを口にすることはできない。ハビエルはこの会話を録音しているに違いないからだ。父親は証拠が欲しいのだ。彼が非難してきたとおり、息子が闇に魂を乗っ取られた救いようのない人間であることを物語る証拠が。

「僕の人生は順調だ」マティアスは続けた。「そして、僕はもうすぐ個人的な勝利を収めるだろう。僕に関するどんな出任せを広めようと、通用しない。

僕は人気があり、評価も高いし、あなたより名を知られているからな」

「おまえは、頭が空っぽのプレイボーイとして脳みそがないかのように振る舞っている。そして、世の連中は親の七光りで成功した子供《ネポベイビー》の悪行や罪を暴くのが本当に好きだからな。もしおまえが父親から何かを盗んだと思われたら……」

「今週はもっと興味深いニュースが出ると思う」マティアスは少し間をおいてから続けた。「父さん、僕があなたに望むことはただ一つだ」

「なんだ？」

「地獄に落ちたら、どれくらい熱いか電話で教えてくれ」

マティアスは電話を切った。自分の思慮深さに完全に満足したわけではないが、少なくとも文字どおりの脅しではなかった。マティアスはそれをある種の勝利と考えた。

リビングエリアに戻ると、慌ただしさは消えていた。自分の仕事が終わり、スタイリストたちは皆、溶けてしまったかのようだった。

マティアスはしばらくその場に立ちつくし、華麗な装飾の施された室内を見まわしていた。彼の好みにはまったく合わなかった。豪華すぎ、詰めこみすぎ、そして快適すぎた。ここは誰かのための避難所としてつくられた。存在しない誰かのために。

ドアが開く音がして、彼は振り返った。

そこにオーガスタがいた。

彼女のすばらしさは並外れていた。

つややかな茶色の髪はなめらかなウェーブを描いて肩のあたりまで伸びていて、深いサイドパートはダイヤモンドの花で固定されている。まさに黄金時代のハリウッド女優を彷彿《ほうふつ》とさせた。ドレスはストラップレスで、肩がむき出しになっている。誰が着ても似合わないと思える鮮烈なオレンジ色のドレスは、オーガスタには驚くほど似合っていた。同色の口紅とマニキュアがその効果をさらに高めているが、何よりも目を引くのは左手の指にはめられた大きなダイヤモンドの指輪だった。

その指輪こそが主役だった。華やかなドレスに包まれた、マティアスが思っていた以上に起伏に富んだ体でもなく、明るい色のパンプスからすらりと伸びた美しい脚でもない。人々の注目は真っ先に指輪に集まるに違いない。

「完璧だ」マティアスは称賛した。

オーガスタの顔がぱっと輝いた。化粧のせいだろうと思いながらも、もっと深いところから来ているようにも思えた。

「きみはスカーレット・ピンパーネルだ」

マティアスはスタイリストたちがまだ部屋にいることを忘れているようだった。

「どういう意味？」オーガスタが尋ねた。

「もちろん、きみは知っているはずだ」

「知っていたら尋ねたりしないわ」

「さあ、行こうか。車が待っている」

「ありがとう」彼女は振り返ってスタイリストたちに礼を言った。

マティアスはわざわざ感謝の言葉を述べようとはしなかった。彼らは充分な報酬を得ているからだ。

「世に名高いあの人当たりのよさはどこへ行ったのかしら？」エレベーターに乗るなり、オーガスタが尋ねた。

「父と電話で話したところだ」

オーガスタは青ざめた。「なるほど。あまりいい考えではなかったわね」

「心配は無用だ。口髭《くちひげ》を生やした悪役に変身したい衝動は抑えたから」

「それはいいことだけれど、タイミングが悪かったみたいね」

「気遣ってくれてありがとう。だが、僕は自分のタイミングで動く」

マティアスは彼女の横顔、鼻の緩やかな傾斜、頬骨の鋭いカーブに目をやった。並外れた美女だが、美しさなどありふれたものだ。しかし、そのときは、そうは感じなかった。

オーガスタの美しさは、彼が感じていた怒りを一掃した。父親に対する怒りと自分自身への怒りを。そのとき彼は、自分が何者なのか、自分がこの世界で果たしている役割とは何かという現実と、オーギーという真実、そして彼女が彼に感じさせたものとの間で、宙ぶらりんになっていた。

彼女が僕に感じさせたもの……。

オーガスタは僕に挑戦し、長い間埋もれていた僕の一部を掘り起こした。

だが、マティアスはそれを望んでいなかった。

彼女は黙っていたが、しばらくして口を開いた。

「さっきのことだけれど、どういう意味だったの、私がスカーレット・ピンパーネルだというのは？」

マティアスの心を突き刺したのは彼女の言葉だった。いつもは堅固な彼の仮面を切り裂いたのだ。彼はその報復をしたかった。

「きみは常にとても感じのよい女性に見えるが、自分を隠す術《すべ》を心得ている。僕が機内に同伴したどの女性よりも美しいのに、背景に溶けこむ方法を知っている」

オーガスタの頬が赤らんだ。「それが私の仕事だもの。それに、私はそれほど美人じゃないわ」

「どうしてそう思うんだ？」

「だって、男性が私の指に指輪をはめてくれたのはただ一度だけ、それも策略のためだもの。そうでしょう？」

「僕だって婚約したことは一度もないが、僕がすこぶるハンサムなのは誰もが認めるところだ」

「そしてすこぶる謙虚なこともね」オーガスタは甘えるようにほほ笑みながらからかった。

彼女の顔は明るく輝き、茶色の瞳は魅力的だった。マティアスはその瞳の奥に別の色を見つけたいと思った。だが、それはおそらく、このペントハウスの内装を選んだ者にこそふさわしい愚かな考えであり、マティアスはすぐに頭から追い払った。

二人は再びリムジンに乗りこみ、流行の最先端を行く場所に向かった。そこなら間違いなく、彼らは写真に撮られるだろう。オーガスタの指輪も注目を集めるに違いない。

「パパラッチに狙われることはないはずだ」マティアスは言った。「僕たちの記事が出るまでは、まだ平穏が保たれる。周囲の人々の想像力をかきたてるだろうが」

「あなたの頭の中はどんな感じ？」

「どういう意味だ？」

「自分が誰かの想像力をかきたてるなんて、私は考えたこともなかった」

「なぜだ？　きみはすばらしい。きみはただ存在するだけで、たくさんのソネットが生まれる」

オーガスタは目をそらした。「あなたは口が上手ね」

そうなのか？　マティアスは自問した。僕はいつもと同じように振る舞っているにすぎない。いや、少し違う気もするが、そんなことはどうでもいい。重要なのは、僕の目的が達成されたこと、それだけなのかもしれない。オーガスタは幸せそうだし、僕たちはカップルに見える。それ以外に何を望むというんだ？

レストランに到着し、ドアを開けると、マティアスは彼女に手を差し出した。「パフォーマンスの時間だ」

オーガスタは彼の手を取り、マティアスは彼女を夜の世界へと連れ出した。彼の世界へ。

オーギーは惑わされないよう気をつけなければならなかった。確かに、彼女は自分の姿に魅了されていた。こんなふうに自分が美しく見えたことはなかったし、自分を美しいと思ったこともなかった。ただし、充分な下地を持っていると自負してはいた。今日ほどではないにせよ、自分を美しく見せる方法を知っている。けれど、この色のドレスを選ぶことはなかっただろう。それは彼女の青白い肌を完璧なまでに際立たせ、髪の色をより深く、よりエキゾティックに見せていた。

今や、どこにも地味なところはなかった。車の運転を覚える前に、請求書の支払い方や医療機関の管理方法を学びながらオレゴン州で静かに暮らしていた頃の面影は、どこにも見られなかった。

特別な気分。まるで自分が光り輝いているようだ。こんな経験は生まれて初めてだった。とても魅力的で、この幻想にずっと浸っていたかった。

マティアスに夢中になっていた。とりわけ、彼が大きく力強い手で彼女の手を握り、車から降りるのを助けたときは。

彼の手の感触がオーギーの胸をときめかせた。そして彼に見つめられると、内側からとろけた。

もちろん、オーギーはこれがゲームであることを知っていた。二人とも、必要なときに自分自身を隠す能力を持っていると話したばかりだった。これは演技であり、彼らを本物のカップルらしく見せる演出にすぎない。にもかかわらず、親密感を覚えずにはいられなかった。

この男性は、ほんの一日前まで私のボスだった。私は彼がほかの女性に触れるのを何度も見てきたけれど、私には触れようとしなかった。

しかし今、私はここにいる。

マティアスは強力な存在だ。なぜ女性が彼に群がるのかは謎でもなんでもないけれど、この瞬間はそれ以上の何かがあった。こうして彼の隣にいると、彼の体のぬくもり、男性的な匂いを意識せずにはいられない。

こんなことは今までなかった……。

オーギーは人の世話をすること、物事を整理して組織化することに長《た》けていた。言わば、彼女はきわめて有用なホチキスのような人だった。

しかし、見た目はホチキスのような印象はなく、何年も家に閉じこもって母親の世話をしてきた少女のようにも見えなかった。

今、オーギーはれっきとした女性になったように感じていた。

たとえこれがゲームだったとしても、その感じが消えることはなかった。むしろ、気持ちは高まった。

これまでのオーギーとはかけ離れた女性になっていた。世界で最も有名なプレイボーイと駆け引きをするほど洗練された女性に。

彼女は今、オーギー・フリーモントではなく、マティアスのデート相手だった。

彼がオーギーの手に触れ、指を絡め合わせると、彼女の胸は躍った。そのとき、自分が彼の感触を楽しんでいることに気づいた。荒々しく、力強い手の感触を。

オーギーをエスコートしてレストランに向かうマティアスの足どりは確かだった。左右を見渡すと、携帯電話で二人の写真を撮っている人たちがいたが、彼の予想どおり、パパラッチは見当たらなかった。

「公式カメラマンがいるとしても、到着するまでしばらく時間がかかるだろう。ただ、有名人が何人も出入りするこの店をあえて選んだ以上、彼らを狙うパパラッチがいるはずだ」

もちろん、これはゲームだとオーギーにもわかっていた。彼女は〝なんでも屋〟として、スケジュールや映像など、多くのことを管理してきた。ソーセージがどのようにつくられるのかは知らないが、世界はさまざまな種類のソーセージで構成されていることを知っていた。ソーセージは勝手につくられるわけではない。それぞれのソーセージのイメージをつくりあげ、人々が適切な空間や場所で味わえるようにするためのチームが存在している。ただ、彼女は自分がソーセージになることに慣れていなかった。

　この比喩はもう使い果たされていたが、オーギーは気を紛らす何かを必要としていた。自分の感情をコントロールするために。なぜなら、これは現実ではないからだ。

　とにかく、オーギーはこんなことは望んでいなかった。こんな幻想を必要としない女性、それが彼女だった。シンデレラになりたい――そんな夢は持っていなかったし、持つ必要もなかった。

ほんの少しも。

　とはいえ、一瞬でも自分がこの世界の一員になったかのように感じ、陶然となった。彼に似た男性の腕にすがる――そう、それは想像していたよりずっと心地よかった。そして突然、オーギーは理解した。なぜ女性は一晩限りとわかっていてもマティアスに身を委ねるのか。彼の隣に立つことほど、自分は美しいと女性に感じさせるものはないからだ。彼の同伴者として人から注目される心地よさといったら……まるで強力な麻薬のようだった。

　自分がそのようなものに影響されやすいことに、オーギーは気づいていなかった。しかし、間違いなく気分は高揚していた。彼のそばにいるからこそ、自分は美しく輝いているのだ、と。

「幸せそうに見えるよう努力してくれ」マティアスがささやいた。

　私が幸せそうに見えないですって？　オーギーは

不思議に思った。実際、心の底から楽しんでいたからだ。「私は幸せよ」

　彼女はマティアスを見上げてほほ笑んだ。オーギーは、ほかのことを考えているときでも、自分の笑顔は説得力があることを知っていた。けれど、彼女は今、本当に幸せだと感じていた。ただ、その幸せには終着点があり、重苦しさと悲しみを伴っていた。いつかは解ける魔法と同じく。

「だが、何かを憂えているように見える」

「そんなことないわ。ただ、ちょっと……これは私の守備範囲外だから」

「そのうち慣れるさ。数カ月もしないうちに」

　数カ月……。少なくとも二カ月はこの状態が続くのだ。「ええ、そうね」でも、当然のことながら、慣れる頃には終わっている。そうでしょう？

　口の中に金属的な酸味が広がったが、オーギーは無視を決めこんだ。

　レストランに入ると、二人は豪華で設備の整った一角に案内された。店内は、新しいレストランにありがちな明るくモダンな雰囲気ではなく、古風で暗かった。イギリス風の古典的なメニューがあり、オーギーはそれに魅了された。

　そのため、彼女は自分たちが展示品であることをすっかり忘れた。

「世界を旅できるなんて、夢にも思わなかった」

　オーギーはときどき、自分が世界を旅していることに気づき、ショックを受けることがあった。常にあちこち飛びまわっているマティアスのもとで働き始めて以来、その多くが旅の途上にあり、彼女はしばしば頬をつねりたくなった。

「そうなのか？」

「ええ。小さな町の出身だから。みんな、旅行なんてめったにしないの。たまにディズニーランドに行くくらいで。たった十二時間ほどのドライブよ」

「アメリカ人がどれだけ車の運転に熱心か忘れていたよ」

「西海岸は特に広大だから、ほかの州に行くにはどうしても車が必要なの」

「出身は？」

「オレゴンよ」

オーギーは周囲を見渡した。店内では、音楽が流れる中、人々が談笑していた。彼らが何を話しているのか正確には聞き取れない。

「オレゴンには行ったことがないな」

「行くべきよ。美しいところだから」言ったあとで、プライベートジェットでどこにでも行ける男性に言うのは少しばかげていたかもしれない、とオーギーは思った。しかし、取り消すつもりはなかった。今までにいろいろな場所に行ったが、自分の故郷が最も美しいと思っていた。

いつか、私はそこに戻って終《つい》の棲家《すみか》とするだろう。いつかは。

「寒いところなんだろう？」マティアスが尋ねた。

「アメリカのほかの場所ほど寒くはないわ。それに雨が多いと思っているなら、それは州の北東部のこと。私の故郷はとても暑いの」

「だったら、僕にぴったりだな。以前スペインに住んでいたし、ロンドンでもかなりのビジネスをしていたから」

「スペインよりロンドンのほうが好き？」

「僕が思うに、スペインを気に入らない人間がいるとしたら、愚かとしか言いようがない」

「でも、スペインに住んでいたのはそんなに長くないでしょう？」

「スペインには複雑な思い出がありすぎるんだ」

オーギーはうなずいた。「わかるわ。私は……追いつめられていたの。小さな町に、自分の人生に閉じこめられて……。一生このままだと思った。どこにも行けないと」

「それで、何がきっかけで？」

「母が亡くなったの」思いがけず、オーギーの目に涙がにじんだ。ずいぶん昔のことで、いつもはそんなふうに感じることはない。感情が何層にも重なって複雑だったから。彼女自身のトラウマ、痛み、悲しみ、感謝の念。それらすべてに圧倒されていた。

「お母さんはきみが旅行するのをいやがっていたのか？」

「いいえ。誰かが母の面倒を見なければならなかった。私が子供の頃、母はずっと病床に伏していた。末期の癌《がん》で。それに、私たちはすべてがうまくいっているように見せかけなければならなかった。さもないと児童福祉サービスが介入してくるから。母はシングルマザーで、私が看病と、薬などの管理の両方をせざるをえなかったの」

「学校はどうしていたんだ？」

「もっぱら家庭学習だったけれど、気にならなかった。母を心から愛していたから。でも、先が見えずに苦しい時期もあった。そして、介護から逃げたいと思い始めたとき、母からも逃げたいと思っていることに気づいたの。ひどくいやな気持ちになって、落ちこんだわ」

「お悔やみ申し上げる」マティアスが言った。

オーギーは、彼が心から言っている気がして、さらに打ち明けた。

「私は整理整頓と細部に気を配ることの大切さを学んだ。少なくとも、すべてが整理できているように見せかける術《すべ》を身につけた。笑顔でいることも学んだ。それは私の仕事の役に立っている。学校の勉強よりもずっと。母が亡くなったとき、少しばかりのお金が手に入った。家も、ほかのものもすべて売り、生命保険も下りたから。私はそれを使って学校に通い、今の仕事妻《ワーク・ワイフズ》たちとも出会うことができた。そして、ロンドンで会社を立ち上げることになったわけ」

「ワーク・ワイブズ？」

「ええ、仕事仲間をそう呼んでいるの。イリンカ、モード、リンナ。今ではみんな、私の家族よ」

　オーギーはこうしたやり取りが演技であることを知っていた。これはマティアスが毎日やっていることであって、彼にとってはいつもと変わらない土曜の夜だと心得ていた。たとえ、この会話にいつもより重みがあったとしても。

　一方、オーギーにとっては特別な夜だった。彼女は、なぜ彼女たちがそうするのか理解した。マティアスの魅力に取りつかれ、すっかり彼のとりこになってしまうからだ。自分が彼を独り占めしているかのように女性に感じさせる方法を、マティアスは熟知していた。まるでこの世にほかには誰もいないかのように。実際、オーギーは自分がこれまでにないほど美しいと感じた。そしておそらく、最も厄介なことに、彼女は自分がすべての中心であるかのように感じていた。

　この美しい男性は、ほかに見るべきものはないと言わんばかりに私を見ている、と。

　この瞬間まで、オーギーは自分がそれを切望していることに気づいていなかった。彼の視線が強烈な磁力を放ち、彼女を引きつけるまでは。

　マティアスに身を委ねて、彼とすてきな一夜を過ごせたら、どんなにいいか。

「そんな目で僕を見てはいけない」彼は言った。

「どんな目？」オーギーは息がつまりそうになった。そんな質問をしたことで、誘惑している気がした。

「契約違反をしようとしている目だ」

「私たちはまだ書類にサインをしていないわ」

「確かに。だからまだ修正する余地はある」

　マティアスは恥知らずなプレイボーイだ。けれど、オーギーは彼の本当の姿を、仮面の下にあるものを少しだけ見ていた。なのに、なぜ今になって？

まあ、マティアスは健康な男性だ。単なる健全な性欲の発露にすぎない可能性もある。

「さあ、どうかしら」

イリンカに警告されていた。マティアスと関係を持ったら、人にどう見られるか、顧客にどう思われるか。

次の瞬間、オーギーはすばらしい真実に思い当たった。彼とベッドを共にしようがしまいが、人々は二人が関係を持ったと思うに違いない、と。だとしたら、彼と体を重ねることで何かを得られるかもしれないと考えるのは、さほど無茶なことではないんじゃないかしら？

オーギーはバージンだった。厳格な倫理観から守ってきたわけでも、ふさわしい男性が現れるのを待っていたわけでもない。純潔を捧《ささ》げるほど誰かに夢中になったことがないからだ。

今となっては、恋人に捧げるという考えは、むしろ邪魔だと感じていた。

マティアス・バルカザールは貨物列車のように私の人生に突進してきて、短期間ながら二人の人生は重なった。そして、もし二人が街の人気者になり、ロンドン、ニューヨーク、ほかのすべての都市で注目を浴びるのであれば、彼とベッドを共にしてはいけない理由があるだろうか？

私は、マティアスがほかの女性にキスをしたり触れたりするのを見てきた。彼が彼女たちを見る目がどのようなものかも知っている。彼が今、私を美しいと思っているのは間違いない。

でも、もし彼があなたに対して、ほかの女性たちと同じように感じているだけなら、それは特別なことでもなんでもないんじゃない？

特別である必要はないわ。オーギーは内なる声に反論した。なぜ特別である必要があるの？　特別であることに意味はない。もしこれがただの策略だとしたら。時間をつぶすための何かだとしたら……。

「あなたは、今まで禁欲生活を送った経験なんてないでしょう」オーギーは言った。

　マティアスは苦笑した。「僕が奥手だったとは思わないのか？」

「ええ、まったく」

「だとしたら、間違いだ」彼はテーブルの向こうを見まわした。盗み聞きしている者がいないことを確認するかのように。「僕は、言わば父の手下だった。僕の振る舞いは非の打ちどころがなかった。手下でなくなるまでは。僕は二十歳になるまでセックスを避けていた」

　その発言はテーブルの中央に投げこまれた小さな手榴弾《しゅりゅうだん》のようだった。彼はこれまでずっと、放蕩《ほうとう》者《もの》だったと想像していた。けれど、彼には外見とは一致しない部分があることをオーギーは知っていた。その事実が彼女に、禁断の扉を開けさせた。

　オーギーは口の中がからからに乾くのを感じた。だめよ、淫らなことを考えては。

「まあ、びっくり！」オーギーはかすれた声で言った。「あなたが二十歳になるまで未経験だったなんて信じられない」彼女は椅子の上でそわそわと身じろぎをした。二十五歳のバージンが二十歳まで童貞だった彼をあざ笑うかのような口ぶりはあまりに失礼な気がしたからだ。

「二十一歳だ」マティアスは訂正した。「僕は悲しみのどん底にいる女性とすぐにベッドに飛びこんだりはしなかった」

「そして、あなたはそのあとずっと、失われた時間を取り戻すために放蕩に走ったの？」

「そうとは言えないな。僕は、それまでの自分——父に操られていた自分とは違う自分になろうと決めたんだ。あらゆる面で」

暗く鋭いマティアスの目がオーギーをとらえた。とたんに胃のあたりが張りつめていくのを感じ、同時に手と脚から力が抜け始めた。

オーギーは彼を求めていた。とんでもないことだった。二人はここに座ってそれぞれの人生について話していた。偽のデートだが、刻々と本物のデートのような気分になりつつあった。

セックスのことなど考えてはいけない。オーギーは自分に言い聞かせた。これは演技なのだから。なのに、オーギーは彼を求めていた。父親にさんざんに痛めつけられ、永遠の傷を負った男性を。復《ふく》讐《しゅう》のために自らを放蕩者に仕立てあげた男性を。

オーギーは初めから、この男性が見かけとは違うことを知っていた。なぜなら、暮らしぶりや突然の悲劇によって自分の可能性を奪われることがどんなにつらいか、身をもって知っていたからだ。

母親が病気にならなかったら、自分の人生がどう変わっていたかは知る由もなかった。

あるいは、裕福で温かな家庭に生まれていたら、どんな人生を送っていたかわからない。もしかしたら、ここにいなかったかもしれない。二十五歳の今、バージンではなかったかもしれない。

現実は、オーギーは今ここにいて、いまだにバージンだった。

マティアス・バルカザールとはベッドを共にしないと、彼女は三人の親友に約束した。その約束を破ろうとしていた。つかの間でもいいから、あるがままのオーギーになりたかったからだ。最も深く、最も基本的な欲求に対して素直になって、その欲求を満たしてもらいたかった。もちろん、マティアスに。

バルセロナで彼と過ごした日、オーギーは彼に対して必要以上に用心するのをやめた。今もそれは変わらず、自分が欲しいものを求めるつもりだった。

「あなたは私が欲しい、マティアス？」その答えをどうしても知りたかった。

　オーギーを見つめる彼の黒い目が揺らいだ。「きみはとても美しい」

「あなたは大勢の美しい女性とつき合ってきた。私よりもずっと美しい人たちと。それが唯一、重要なことだとしたら――」

「僕はきみに魅了されているんだ」マティアスは遮った。「だからこそ、きみを求めてはいないと言わなければならない。きみに魅了される余裕はないし、魅了されたくもない。相手の女性が特別である必要はない。僕が女性を特別な存在として扱った瞬間、その女性は僕の世界に取りこまれる。だが、彼女がもはや僕の世界にそぐわないと判断したとき、僕は彼女のもとから立ち去る。その筋書きをしたためるのはあくまで僕だ。きみは僕の心に入りこむ。僕の許可なしに。その事実をどう処理すればいいのか、僕にはわからないんだ」

　オーギーは彼の告白が気に入った。マティアスが私の防護壁を破壊したように、私も彼の防護壁を破壊していたのだ。私は一人ではなかった……。

　たちまち強烈な欲求が頭をもたげた。その欲求を満たしたかった。一晩だけでも。

　オーギーは目を伏せた。「私は誰ともつき合ったことがないの。何年も母の世話に明け暮れ、それから……逃げようとした。できる限り古い世界と距離をおき、違う自分になろうとしたの。二度と誰かの世話をしたくなかった。自分だけの世話でいい。実際にそうしてきたけれど、それはとても孤独な生き方だった。ときどき誰かとつながりたいと思うときがある……いえ、嘘《うそ》よ。そんなふうに思ったことは一度もない。友だちがいれば、それで充分。今、私は迷っている。もっと欲しいのかどうか」

「僕に誘いをかけているのか？」

「世間の人は、そんな私のことを〝尻軽女〟と呼ぶでしょう。実のところ、当たっているかもしれない。すべてが終わったとき、世間の人たちの私に対する見方をコントロールできないのなら、私は思うがままに行動して何かを手に入れるべきかもしれない」

「きみは男とつき合ったことがないのか？」

マティアスの黒い瞳は炎を宿し、オーギーに興奮をもたらして、足の裏までぞくぞくさせた。

「ええ、一度も」

「僕みたいな男に貴重な純潔を与えるのはきわめて稀《まれ》だとわかっているはずだ。僕はそんな貴重なものは扱えない。ベッドでの行為には精通しているが」

「あなたは何をためらっているの？」オーギーは身を乗り出し、指先をテント状に合わせてその上に顎をのせた。

「お嬢ちゃん、僕をあおらないでくれ」

「教えて」急《せ》かしつつも、オーギーの緊張は耐えがたいほど高まっていた。すべてを投げ捨てたいという誘惑に駆られて。

「きみらしくないな」

「そうね。でも、このすべてがそうなの。信じられないほど愚かなことだと思う。ただ、今まで火遊びをしたことがないだけに、かえってこの状況がとても楽しいの」

「僕はベッドで女性に喜びを与えている。だが、そのあとは彼女たちのことを忘れてしまう。きみはそのことを肝に銘じるべきだ。きみも例外ではない」

「だけど、私は知っているの。あなたが何も感じない愚かなプレイボーイではないって」

彼は一呼吸おいてから応じた。「僕はもっと質《たち》の悪い男だ。プレイボーイ・スマイルを振りまき、周囲の人たちを魅了するモンスターだ。それでも、僕はほとんど何も感じない」

嘘だ、とオーギーは思った。これまでマティアスが暗い感情に揺れ動くのを何度も見てきた。彼女の見立てでは、むしろ彼は感じすぎるのだ。もちろんマティアスは絶対に認めないだろうが、彼女にはわかっていた。

　オーギーは席を立ち、彼の隣の椅子に移動した。その大胆さがどこから来るのかわからないまま。

「どんな感じ？」彼女は胸をどきどきさせながら、唇を彼の口に近づけていった。

「オーギー……」

　マティアスが初めて愛称で呼んだのを聞いて、彼女の胸はざわついた。「何？」

「きみに警告しておく。僕はこれまで、どんな女性とも二カ月以上、関係が続いたことはない」

「二カ月？　私は一度きりでもかまわない」

「僕たちはしばらく一緒に暮らさなければならない。それでも、一度で充分だと？」

「わからない。だけど、先のことなんてどうでもいいの。これまでは未来のことをずっと気にかけていたけれど、たった今、私が欲しいのはこのファンタジーなの。私たちは二人とも美しく、求め合っている。ほかのことはどうでもいい」

　その瞬間。彼の目には、オーギーにはよくわからない表情が浮かんでいた。諦め？　絶望？

「どうして応じてくれないの？」

「わかった」マティアスはきっぱりと答えた。「僕の美しいフィアンセ」

　オーギーは背筋を震わせた。これは私ではない。私が演じているキャラクターだ。けれど、これはこれですばらしい。彼女はそのキャラクターを愛した。

　これは、けっして許されない危険なゲームだが、そこには、触れられること、求められること、必要とされることの喜びがあった。オーギーはそれをずっと否定してきた。なぜなら、必要とされるのを望んでいなかったからだ。もう二度と。仕事では必要とされるかもしれないが、それとは話が別だ。

　とはいえ、これはゲームにすぎない。マティアスは何も感じることはできないし、私に何かを求めることもできない。

　そして、オーギーが彼に求めているのは、これだけだった。

　三人の友人たちは愕然《がくぜん》とするだろうが、きっと理解してくれるはずだ。みんな、懸命に働いていた。それぞれが問題を抱え、悪魔と戦っていた。男性に関しても、それぞれ不安を抱えている。だからこそ、三人は、失ったものを取り戻そうとしている私に腹を立てはしないだろう。

「私を連れていって」

「そうしよう」マティアスは請け合った。

7

　これはよくないと、マティアスはわかっていた。

彼はセックスを、女性を楽しんできた。しかし、いずれの場合も、彼が誘惑したのであって、その逆ではない。そして、バージンの女性にこんなふうに挑まれるというのは……。

　マティアスは彼女の純潔を望んではならないと知っていた。自分が、彼女に初めて触れ、性の喜びを教える男になってはならないと。

　初めて見たときから、マティアスはオーガスタに魅了されていた。彼女が見違えるように着飾ったときも。その魅力の源泉は美しさ以外の何かにあった。

　ひたすら彼女が欲しかった。今日の父親との会話のあと、彼は何か気を紛らすものを求めていたが、それは従来のただ欲望を満たすためだけのセックスではなかった。

それは何か新しいもの、何か違うものだった。そして彼のような男にとって、目新しさは芸術に等しかった。

めったにない贈り物であり、マティアスはそれを手に入れるつもりだった。時を忘れてこのひとときを楽しむつもりだった。

まるで自分にその資格があるかのように。

すべてが生々しく感じられ、だからこそいっそう引きつけられた。オーガスタは彼を見ている気がした。ほとんどの女性よりも、誰よりも、本当の彼を。

そのうえでオーガスタは彼を求めた。というより、それゆえに彼を求めているのかもしれない。

二人は手をつないでレストランを出た。そこにいた時間はさほど長くはなかった。マティアスは彼女の手を取り、車へと導いた。そして乗りこむなり彼女の顎をつかみ、自分のほうを向かせた。「僕に何を求めているんだ？」

「何も」彼女は息をのんだ。「あなた以外には」

「僕を見るとき、きみは僕に何を見ている？」マティアスは探るようにオーガスタの目を見た。

「美しいけれど、悩みを抱えている男性」

「間違ってはいない。それでも、きみは僕を求めるのか？」

「あなたが魅力的だから」

「僕のどこが？」

「わからない」

彼女は正直に答えている、とマティアスは思った。

「たぶん、きみは初体験を待たされすぎて、期待ばかりふくらんでいるんじゃないのか？　きっと僕がすばらしい世界を見せてくれると」

「さあ、どうかしら。ハンサムな男性はたくさんいるわ。大学にも何人か」

「僕と同じくらいハンサムだったか？」

「いいえ、そうじゃないかも」オーガスタは首を横に振った。「でも、私がハンサムな男性だけを求めていたら、とっくにバージンではなくなっていると思う」

「じゃあ、教えてくれ。きみはバージンで、ついさっきまで、僕とのセックスを拒否していた。なぜ心変わりしたんだ？」

「それが本心かどうかはともかく、あなたは今日、私を特別な気分にさせてくれた。だから今夜は、このまま夢を見続けていたいの。誰かの注目を浴びる女になりたい。これまで私は、いつだって壁紙も同然だった。私は背景に溶けこむ女、飲み物を出す女、母親に薬をのませる女の子、病院に予約を入れる女の子だった。それはどれも、本当の私じゃない。特別な存在でも、必要とされる存在でもない。だけど、あなたはそんなふうに感じさせてくれた。しばらくの間、私はそう感じていたいの」

　マティアスも同じことを望んでいた。なぜならオーガスタが彼のことを、自分を大切に扱ってくれるに違いない男性だと考えていることがわかったからだ。彼はしばらくの間、その幻想に浸りたかった。単なるセックスを超えた何かという幻想に。彼女が抱いているのと同じ幻想を抱きたかったのだ。

　もしかしたら、その世界では二人とも特別な存在になれるかもしれないからだ。そう、もしかしたら、オーガスタは大切な存在で、僕も救いようのない存在ではないのかもしれない。

　そう考えたとき、マティアスの我慢は限界に達した。顔を寄せて唇を重ねると、彼女はうめき、身を硬くした。彼女の唇は柔らかく、魔法のような味がした。

　マティアスにとって、セックスはとっくに魔法めいたものではなくなっていた。彼はただそれを楽しんだ。だが、オーガスタとのセックスはまるっきり違うものになると直感した。

陰鬱な初体験を思い出していた。そのとき彼は、それまでの自分を捨て、プレイボーイになろうと決意していた。以後しばらくは、彼にとってのセックスは洗礼さながらだった。あるいは脱皮と言ってよかった。自分の古い皮膚を一枚、また一枚と剥ぎ取り、新しい自分になろうとしていた。

だが、今回はそんなふうには感じなかった。何か特別なもののように感じられた。本物の何かのように。しかし、なぜそうなるのかは理解できなかった。

だから、マティアスは彼女にキスをし、そのキスにすべてを注いだ。彼女が彼の中に見ているかもしれないすべての欲求、すべての闇を。

オーガスタが息をのむのもかまわずにキスを深め、舌を差し入れる。彼女を自分のものにするために。

マティアスは何度も何度もキスをした。彼女が欲しくてたまらなかった。

「僕はきみを奪うつもりだ。きみが望んだように。だが、本当にきみはそれを望んでいるのか？　きみの言うとおり、僕は女性を貶《おとし》めたりしない。頼まれない限りは」

オーガスタの頬は明るく紅潮し、目はきらきら輝いていた。「何を頼めばいいのかさえわからない」

「それなら、僕はきみとはベッドに入れない。自分が何を望んでいるのかさえわからない無邪気な女性には手を出せない」

「誰だって、初めてのときはあるでしょう？」

それが魔法の言葉だったのかもしれない。オーガスタは僕に、自己変革の手助けを求めているのだ。未熟な性を開拓してほしいと。僕に純潔を捧《ささ》げることで。

こんな経験は初めてだった。

「きみの友人たちはさぞかし気を揉《も》んでいるだろう。きみが連絡しないから」

「そうかもしれない。でも、私は大人の女よ。自分の面倒は自分で見られるわ」

「だが、一部の人は、きみは今、とてもまずい状況に置かれていると指摘するだろう」

「そうかもしれない。でも、うまくやっていると言う人もいるかも」オーガスタは反論した。

「見事な返しだな」マティアスは苦笑した。

「結局のところ、セックスは本質的に危険なものだと考えない限り、私が危険に身をさらしているとは言えないわ」

マティアスは彼女の頬骨に親指をこすった。「だが、僕のやり方はかなり危険かもしれない」

「だったら、見せてちょうだい。さもないと、私はあなたは口先だけだと断じることになる」

彼女はいつも大胆だった。その大胆さがなければ、ゼロからビジネスを立ち上げることはできなかっただろう。この女性は無一文からスタートし、多くのものを生み出してきたのだ。

もちろん、オーガスタはすばらしい女性だ。個性的で、きわめて勇敢だった。

「きみは何事も恐れない人だ。そうだろう？」

マティアスはかすれた声で尋ねると、彼女はうなずいた。

「そうね、あまり怖がらないかもしれない」

しかし今、彼の目にはオーガスタが怖がっているように見えた。それでも、気遣う余裕はなかった。ひたすら彼女が欲しかったからだ。

マティアスは再び彼女にキスをした。車が止まるまで。すぐさま二人は車を降り、ビルに向かって歩きだした。彼はオーガスタの手をしっかり握り、放さなかった。

パパラッチに尾行されていることに、マティアスは気づいていた。写真を撮られたのもわかった。そのほうが好都合だ。人々は彼らがこんなふうに一緒にいる写真を見たら、これから部屋に入って親密な関係になろうとしていると想像するだろう。

明日には新聞の見出しとなると、マティアスは確信していた。とはいえ、そんなことはどうでもいい。今夜は二人きりの世界に浸るだけだ。

二人は情熱の繭に包まれたままエレベーターに乗り、最上階で降りた。そしてあの豪華なペントハウス――プレイボーイの隠れ家へ。

中に入るなりマティアスは彼女を抱き寄せ、キスをした。そして耳元にささやいた。「見せてやるよ。きみが望んでいるものすべてを」

続いてなめらかな首筋にキスをしながら、マティアスはドレスのファスナーを下ろし、オーガスタをレースの下着と赤いハイヒールだけの姿にした。

「美しい」彼はうなり声をあげた。

オーガスタの目は見開かれ、そこに緊張の色が見えたが、彼女はそれを必死に隠そうとしていた。

バージン。

よりによって。

どんな男もけっして受け取る資格のない贈り物がある。これはその一つだ。彼女の美しい体に触れる最初の男になるなど、とんでもない。

とりわけマティアスはその贈り物に値しなかった。彼はかつて、彼を愛してくれた唯一の人、彼を必要としてくれた唯一の人を裏切った。だから、このようなすてきな時間を過ごす資格はないはずだった。おまえは時空を超えた存在だ。内なる声が言った。彼女に連れ去られるがいい。

それは初めての経験だった。マティアスにとってセックスとは、一つ一つの出会いを通じて、自分が育ってきた環境から自分を引き離す手立てだった。彼は女性を喜ばせ、その行為を通して女性を讃《たた》えることに誇りを抱いていたが、逃避しているようには感じなかった。そこから何かを得ているとは感じなかった。

　しかし、今夜はまさしくそう感じていた。

　マティアスはブラジャーを外し、豊かな胸を食い入るように見つめた。彼はオーガスタに飢えていた。片方のラズベリー色の乳首に唇を近づけ、深く吸いこむ。彼女は背中を反らしてあえぎ、彼の髪に指を絡ませた。その大胆さが好きだった。バージンの抵抗や恥じらいに悩まされることがないからだ。もっともバージンが実際にどんなふうに振る舞うかは、彼にはわからなかった。バージンとつき合った経験がないからだ。

　それに、彼女がセックスにどんな幻想を抱いてきたのかは知る由もない。あるいは、彼女がセックス以外の性体験をどれくらい持っているのかも。

　マティアスは彼女を壁にしっかりと押しつけ、彼女の脚を開かせ、腹部にキスをしながら下着を引き下ろした。そして脚を開かせ、付け根をねっとりと舐《な》め始《はじ》めた。彼女の息が荒くなり、彼の唇と舌のリズムに合わせて腰を揺らす。

　彼女の味は、食べ始める前に残しておいたデザートのような味がした。夢のような味。

　マティアスはこの瞬間、彼女に与えているのと同じくらい、いやそれ以上に喜びを得ていた。彼女の味に満たされ、そして圧倒された。

　彼はさらに熱を込めて舌を駆使して、オーガスタに絶頂寸前の叫び声をあげさせた。そこで彼は、さらに追いこむことにした。舐め続けながら、襞《ひだ》をかき分けて指を一本、押しこむ。次の瞬間、彼女がわなないて絶頂に達すると、彼は口を彼女の唇へと移してキスをし、それから優しくささやいた。「ベッドに行こう」

　彼女は息も絶え絶えにうなずいた。ハイヒールだけを身につけた格好のまま、彼に導かれて歩きだした。おぼつかない足どりで。

オーギーは自分自身がわからなくなった。

彼に名前を呼ばれたくなかった。さっきは〝オーギー〟と呼ばれてうれしかったけれど、二度と呼ばれたくなかった。なぜなら、自分がオーギー・フリーモントだとは思いたくなかったからだ。彼女は時空を超えた存在になりたかった。今までとは違う自分になりたかった。新しい誰かに。

そして今、オーギーは泣きたかった。今の自分はかつての自分ではないように思えたから。より開放的で、より明るく。

最高の気分だった。彼のおかげで。

マティアスが授けてくれた絶頂感は、オーギーを揺さぶった。それは自らの手で快感を得るのとはまったく違っていた。彼はオーギーの体の支配者であるかのように難なく快感を紡ぎだした。彼女は屈服したかった。だから、ベッドに行こうと彼にささやかれたとき、素直に従ったのだ。

「ベッドで待っていてくれ」マティアスが言った。

オーギーは心臓をどきどきさせながら、今度もまた従った。

彼はスーツの上着を脱ぎ、ネクタイを外してシャツを脱いだ。オーギーは彼の半裸姿を何度も見てきた。けれど、彼が服を脱ぎながら向けてくる鋭いまなざしに耐える心の準備はできていなかった。彼の体は私のためにあるのだ、と彼女は思った。

そして、圧倒された。

彼の筋肉が波打ち、ブロンズ色の肌が彼女の口の中をからからにさせ、筋肉を覆う黒い体毛が彼女の指をむずむずさせた。彼に触れたくてたまらなかった。肌を舌で味わいたかった。ダムが決壊したかのように、これまでずっと抑えてきた欲望がいっきに噴き出した。

オーギーはいい子であろうと懸命に努力してきた。たぶん、いい子ではなかったのだろう。それでもかまわない。少なくとも、今夜は。

マティアスはベルトのバックルを、そしてスラックスの留め具を外し、すべての衣類を脱ぎ捨てた。その瞬間、オーギーは暗く恐ろしい何かを理解した。彼の男らしさの全容を目撃し、何かを知ったのだ。それは、これまでずっと彼女の目から隠されていた深い真実だった。

これは中毒になる。これが一国を滅亡させる理由だった。善良な女性が悪い男を渇望する理由、善良な男が家庭を崩壊させる理由なのだ。これは、オーギーが考えていた以上に強力な何かだった。そして今夜を境にそれを断ち切ることができると信じるのは、あまりにも世間知らずだったと認めざるをえなかった。

もっとも、今はそんなことはどうでもいい。明日は明日の風が吹く、と言うではないか。

そこで、オーギーは彼の美しさに身を委ねた。自身の欲求に。マティアスがベッドに近づいてきて身を乗り出したとき、彼女はたくましい首にキスをした。続いて彼の胸に、腹部に。さらに彼の張りつめた欲望のあかしに口を移し、思いきって含んだ。

オーギーは少しも緊張していなかった。恐ろしいほどの欲求に駆られていたからだ。

彼を深くのみこむと、マティアスはうめき声をあげた。自分にそんな力があることを知り、彼女はうれしくなった。

オーギーは雄々しい高まりを口で愛撫《あいぶ》し続け、その味に酔いしれた。マティアスが彼女の髪をつかんで体を引き寄せ、激しいキスで彼女の口を奪うまで。

「さあ、今だ」マティアスはうなり、ベッドのサイドテーブルの引き出しから避妊具を取り出した。そして包みを破り、すばやく装着した。

その手際のよさに、オーギーは心の中で感謝した。

数秒後にはマティアスは彼女の脚の間に陣取り、中に入る前に、指を差し入れた。

「すごく潤っている」

彼がつぶやくと、オーギーの欲望はますます募り、とどまるところを知らなかった。

「痛いかもしれない」

「大丈夫」オーギーは請け合った。

マティアスは指を抜き、身を乗り出して彼女の口にキスをした。それから、張りつめた欲望のあかしを彼女の脚の付け根にあてがい、少しずつ沈めていった。

痛みを感じたが、オーギーは気にならなかった。彼に満たされ、彼に所有され、彼に奪われることのすばらしさに気を取られて。

オーギーは上体を反らし、彼が奥深くに入ってくるにつれ、声をあげた。ああ、マティアスが私を奪っている。私が求めたとおりに。

彼が動き始め、オーギーを魔法の世界へと導いた。彼女の中で高まるばかりの喜びは、先ほどのそれよりもずっと深かった。そして、唐突に絶頂が訪れた。

オーギーは彼の名を叫んだ。そのとたん彼女は完全に我を忘れた。しかし、本当の勝利はマティアスが自らを解き放ったときだった。彼が彼女の奥深くで震え、自制心を失ったときだ。

彼女は彼にしがみついた。

マティアス……。

オーギーは彼の名を実際に口に出したのかもしれないし、彼女の魂の叫びだったのかもしれない。彼女にはどちらなのかわからなかった。

一つ確かなのは、今夜は完璧だったということだ。すべてが最高だった。明日のことは明日になってから考えればいい。なんとかなるだろう。

8

携帯電話が鳴ったのは五時半だった。

「私を試したことを後悔する羽目になるぞ」

怒りに満ちた父親の声が聞こえてきたが、マティアスが応答する前に、電話は切れた。

彼はベッドから起き上がった。オーガスタは腕を枕代わりにして彼の隣に横たわっていた。体は腰までしかシーツで覆われていない。彼女はまるで大理石の彫像のようで、その美しさに目を奪われた。しかし、その美しさに集中することができなかった。少なくとも今は。

彼はベッドを出て、ズボンをはいた。

「どこへ行くの？」彼女が眠そうな声できいた。

「ちょっと用事がある……」

再び電話が鳴った。今度は彼の広報担当からだった。「そろそろ仕事に戻ってくれませんか。予想以上に問題が大きくなっています」

「どんな問題だ？」

「あなたのお父上が、すべてを公にすると決断したんです」

まあ、すべてではない。マティアスは確認するまでもなく、それを知っていた。なぜなら、父親が真実をすべて明かせば、彼の評判が悪くなるだけだからだ。しかし、彼が明らかにしようと決めたことについては……。

また携帯電話が鳴った。今度はメールの着信音だ。広報担当が送ってきた紙面の見出しにはこうあった。

〝マティアス・バルカザール、スパイ行為に続き、妹を死に至らしめたと父親に告発される！〟

「ろくしでなしめ！」マティアスは口汚く罵った。

「どんな声明を出すべきでしょうか？」

「声明の内容を考えるのは僕の仕事ではない。きみが自分で考えろ」彼は怒鳴り、電話を切った。

　ふいに人の気配を感じて振り向くと、オーガスタがシーツを体に巻きつけて立っていた。髪はひどく乱れている。

「どうした？」

「事態がエスカレートしているようね」オーガスタがすでにネットを通じて事の成り行きをつかんでいるのは明らかだった。

「ああ。とんでもないデマが流れている」マティアスは声を荒らげた。

「妹さんの死はあなたの責任じゃないわ」

「いや」マティアスは否定した。「僕は責任を免れない。僕は父のメッセージを忠実にセラフィナに伝えた。おまえのせいで一族が恥をかいたのだから、おまえがいないほうが家族はより幸せになる、と」

「マティアス……」

「そしてセラフィナは、自分が死んだほうが家族が幸せになれると考えた。それ以外に彼女の頭に何が浮かんだというんだ？」

「多くの人が家族との間に問題を抱えているけれど、薬物を過剰摂取する人はめったにいないわ」

「だが、僕の妹はそうした。もろかったから。妹は僕の助けを必要としていたのに、僕は……」

「あなたがすべてに責任を負うなんて無理よ」

　マティアスは振り返った。「いや、できる。少なくとも父は僕にすべての責任を負わそうとしている。今まさに。一連の混乱を収めようとする僕たちの試みを阻止するために。一緒に来てくれ」

「どこへ？」

「この街を出るんだ。少し考え直す必要がある」

　彼の心臓は激しく打っていた。今にも心臓発作を起こしそうなくらいに。

「いったい何が起きたの？」オーガスタが尋ねた。

「父が妹のことをすべて公にした。何もかも。彼女の死に僕が関わっていることも」

オーガスタは首を横に振った。「でも、あなたは妹さんの死に責任はなかった」

「いや、責任があるのは明らかだ。妹が死んだ経緯が明らかにされ、それを読んだ人は、誰もが同じように考えると思う」

「あなたに責任があるなら、お父さんも同罪よ」

「そうかもしれないが、父にとってはどうでもいいことなんだ。しかし、僕にとっては重要だ。神聖不可侵な領域と言ってもいいくらいに」

「ああ……そうなのね。ごめんなさい」

オーガスタは傷ついているように見えた。彼女が望んでいたのは、初体験の翌朝のロマンティックな雰囲気だったに違いない、とマティアスは後ろ暗い気持ちで思った。だが、今はそんなことを気にかける余裕はなかった。

オーガスタは僕がシャルメーヌの件で過ちを犯したのを見た。そして今度はこれだ。まったく！

マティアスはうなり声をあげ、寝室に移動してすばやく服を身につけ始めた。彼女は目をしばたたき、彼を見つめている。その目には涙がにじみ、今にもこぼれ落ちそうだった。

「私、着替えがないの」

「なんの問題もない。家に入るときと同じ服で家を出れば、彼らの想像力をかきたてる」

「今、それが重要なの？」

「どこかでニュースになっていると思う」

「それなら、あなたと私は一心同体であるように見せかけるわ。あなたが必要とすることはなんだってする」

もちろん、彼女はやってのけるだろう。なにしろこれはショーなのだから。昨夜はつかの間、彼女は僕を知っている気がした。僕が彼女を知っていると感じたのと同じく。そして、ゆうべ僕はいつもと何かが違う気がした。それは本質的な何か、今まで経験したことのない何かだ。だが、このすべてはゲームにすぎない。セラフィナが死んで以来、毎日その一瞬一瞬がゲームだった。過去から逃れることはできない。闇から脱出することはできない。

オーガスタは服を抱えたまま出ていき、数分後に前夜と同じ服を着て戻ってきた。昨夜は彼女に似合うと思われたその色も、今日はいやに派手に見えた。朝の光の中で、彼女の純潔を奪い、彼女を利用したという事実を突きつけられている気がした。

そう、それがマティアスのしたことなのだ。そして、彼が放蕩《ほうとう》を始めて以来、これまで出会ったすべての女性にしてきたことだった。

ベッドでは優れた恋人だという理由だけで、なぜ自分の悪行から逃れられると思っていたのか、なぜ自分が尊敬に値する男だと思っていたのか、マティアスはわからなかった。

すべてはゲームだった。

そして、自ら選んだわけではないかもしれないが、彼はそのゲームにプレイヤーとして参加したのだ。

そして、妹の死に関する記事が出たとき、真実が明らかになった。マティアスは父親となんら変わらないという真実が。

彼には自分なりの流儀があり、他人への影響を考慮することなくそれを通す男だった。きわめて利己的な振る舞いを貫き、周囲の人々をゲームの駒のように扱ってきた。

だが、自《じ》己《こ》憐憫《れんびん》に浸っている場合ではなかった。

なぜなら、これは彼が招いた混乱であり、それを一掃するのに必要なことをしなければならない。さらに、自分に関することだけでなく、セラフィナにも言及されていたからだ。しかも、マティアスが妹のことを気にかけていないかのような書き方だった。

「僕のオフィスに行こう」

オーガスタはうなずいた。

「きみは友人に電話をかけたいんだろう？」

「あとでいいわ」

二人は外に出た。係員が車を運んできたとき、マティアスはパパラッチに気づいた。至るところに。黒いSUVが止まっている。

「急いで」彼は言った。

二人が車に乗りこむなり、マティアスはハンドルを握って発進させた。郊外へ向けて。

最初の橋を渡ったところで、彼女が尋ねた。「どこへ行くの？」

「田舎に家がある。そこまではパパラッチも追ってこないはずだ」

「会社に戻らなくていいの？」

「ああ、確かに。だが、きみは……」マティアスはバックミラーを見た。「何台も追ってくる」

オーガスタは心配そうに振り返ったあとで、メールを打ち始めた。

「仕事妻たち《ワーク・ワイブズ》？」彼は尋ねた。

「ええ、助けを求めているの」

「パパラッチの気をそらす作戦があるか、きいてみてくれ」

「そうするわ」

しかし、後続車が追いつき、カメラマンが窓から身を乗り出して写真を撮り始めた。

なぜかマティアスはパニックに陥った。セラフィナは死んだのだ。それのどこが問題なんだ？　ただ、マティアスはこのすべてが明らかになるのをひどく嫌った。なぜなら、自分の非が浮き彫りになるからだ。そして、もし父親を倒すつもりなら、自分も一緒に倒すべきだと思った。もしかしたら、僕にはなんの価値もなかったのかもしれない。

そう、僕は消えて当然だったのかも。

だが、復讐《ふくしゅう》の天使として人生を歩むほうが、マティアスにとっては楽だった。ハビエルを滅ぼすことが何かの償いになるかのように振る舞うほうが。

曲がりくねった坂道を下り始めると、彼はスピードを上げた。案の定、数台の車が離れていく。

「気をつけてね」オーガスタがドアハンドルにつかまりながら注意を促した。

「充分に気をつけているよ」

しかし、十字路に差しかかったとき、黒いSUVが彼らの前にさっと出てきた。マティアスはハンドルを切り、車が道路からはみ出した。助手席側が木にぶつかりそうだと気づくやいなや、彼は急ハンドルを切った。車のフロント部分が木に衝突する。エアバッグは作動せず、頭がまともにハンドルにぶつかった。顔がずきずきと痛み、頬骨を温かな血が伝うのを感じた。

「マティアス！」

近くにいるにもかかわらず、彼女の声が遠くから聞こえた。

「大丈夫だ」マティアスはそう言って、エンジンがかかるかどうか試した。エンジンがかかると、即座に発進させ、さらにスピードを上げた。視界がぼやけていたが、彼は運転を続けた。幸い、もうパパラッチは追ってこなかった。

ほどなくマティアスはすぐには人目につかない脇道を曲がった。彼の家に通じる道だ。門の前で車を止めると、彼は暗証番号を入力した。門が開くなり再び車をしばらく走らせ、家の前に止めた。そこは幹線道路から数キロ離れていて、メディアの連中がやってくる可能性はまずなかった。

「マティアス……」

彼はそこで初めてオーガスタを見た。彼女は怯《おび》え、青ざめている。頬には大きな痣《あざ》ができていた。

「頬は痛むか？？」

「大したことないわ。でも、どうしてエアバッグが作動しなかったの？」

「わからない。メーカーを買収して廃業に追いこんでやる」

「そんな必要はないんじゃない？」オーガスタは言った。「でも、あなたの怪我《けが》はひどそうね」

「いや、大丈夫だ」

「大丈夫じゃないわ。額が割れているんだもの」

「すぐに治るよ」

「脳震盪《のうしんとう》を起こしたかもしれないし」

「ありえない。脳震盪を起こしていたら、ここまで運転してこられるはずがない」そう言いながらも、視界がぼやけ始め、彼は内心で悪態をついた。

「パパラッチのせいよ。でも、彼らから逃げる必要はなかったのに」

　彼女の言葉はマティアスの胸をえぐった。「僕はきみを守っている。僕自身も」

「どうせ彼らは好きなように書くわ。あなたの写真があろうとなかろうと」

　だが、マティアスは彼らの質問攻めに耐えられそうになかった。なぜそう思ったのかはわからないが。

「ほら」彼は言った。「あれが当面の隠れ家だ」

「ここにスタッフはいるの？」

　彼は首を横に振った。「誰もいない。その都度、必要があれば連れてくる……食料も運んで……」

　言葉が不明瞭になり、頭の回転も鈍くなり始めていた。なぜ逃げていたのかも、よく覚えていない。捕食者に追われる小動物のような気分だった。ただ、セラフィナが死んだときに経験した、果てしない悲しみは明瞭に思い出せる。そして圧倒された。なぜなら、人生でいちばん暗い日だったから。父親が何もかも間違っていたと知った日だったからだ。

　突然、マティアスは吐き気に襲われた。車から降り、顔についた血を拭う。自分の手を見下ろすと、視界の隅がしだいに暗くなっていくのがわかった。そして草の上に嘔吐《おうと》した。

「マティアス！」

オーガスタが叫んで駆け寄り、彼の背中に腕をまわした。「頭に傷があるわ」

「頭を打っただけだ。さあ、中に入ろう」

「ロンドンに戻らないと。こんな辺鄙《へんぴ》なところにいられない。病院にも行かなくちゃいけないし」

「いや、どこにも行かない。ハイエナの群れが追ってくる限りは」

「そうね、ひどい話だけれど、別の車を用意して、私のアパートメントに戻ったらどうかしら？」

「いや」彼は再び拒んだ。「ここにいよう」

マティアスは玄関のドアに向かい、暗証番号を入力した。ドアが開き、彼女を中に入れる。

「このマナーハウスはあなたのなんなの？」

「僕の居場所の一つだ。プライバシーを守るための。僕は自分のすべてを知られたくない。みんなに知ってほしいと思えるところだけ知ってほしい」

「ええ、そうでしょうね」

家の中は厳かだった。昨夜オーガスタが泊まったペントハウスとは違い、いかにも彼の家らしかった。

「額の出血を止めないと。座って、マティアス」

まためまいがしたので、彼は従った。

「医者はいるの？」

「なぜそんなことをきくんだ？」

「あなたのようなお金持ちには、何をおいても駆けつけてくれる主治医がいるんじゃない？」

彼はうなずいた。「もちろん」

「だったら、往診してもらいましょう。止血はできるかもしれないけれど、縫合は無理だから」

「もうすぐだ」マティアスは言った。

オーガスタがどこかに行き、戻ってきたときには、大きな白いタオルを手にしていた。彼女はそれを彼の目と額に押し当て、彼を椅子の背にもたれさせた。

彼女はタオルを押さえたまま、数を数えながらささやいた。「大丈夫よ」

そのときマティアスは、彼女が母親の介護をしていたことを思い出した。

彼は自分が今どう感じているのかわからなかった。医療が必要なら専門家に依頼するべきだ。これはオーガスタの仕事ではない。それに、彼女も怪我をしていた。「きみこそ本当に大丈夫なのか？」

「ええ」彼女は穏やかに答えた。「大丈夫よ」

「いや、まだわからない」

「私は充分にわかっているわ」

オーガスタは反論してマティアスの額からタオルを取り除いた。目を開けたとき、彼はパニックに陥りかけた。まったく何も見えなかった。

9

オーギーは完全に動揺していた。今朝起こったことすべてが衝撃的だった。ロンドンから逃げ出したこと、このマナーハウスにたどり着いたこと。そして事故……。

彼女も頭を打ったが、マティアスほどひどくはなかった。彼が急ハンドルを切ってくれたおかげで。彼の額の傷はひどいが、オーギーはそれ以上に頭を打ったことによる後遺症のほうを心配していた。

今、マティアスは彼女を見つめていたが、その黒い瞳は明らかに焦点が合っていなかった。

「何？　どうかした？」

「見えない」彼はつぶやいた。

オーギーは息をのんだ。「見えないって、どういうこと？」

「目が見えない。何も見えないんだ」

「すぐに主治医を呼ばなければ」

オーギーはパニックに陥った。脳が損傷している可能性がある。

「主治医の番号は僕の携帯電話に登録されている。名前はカルロス・バルデスだ」

オーギーは血のついた携帯電話を手にして顔をしかめた。そして電話を彼の顔のほうに向け、ロックを解除した。あれはたった一週間前のことだったのだろうか？　今のマティアスが同じ男性だとは思えない。そして、オーギー自身も。昨夜の出来事が二人を別人に変えてしまったのだろうか？

すぐに彼女は電話をかけて、事情を説明すると、受付係はすぐに応じた。

「ご安心ください。バルデス医師を含むチームをすぐに派遣いたします」

「どのくらいかかりますか？」

「ヘリコプターで十五分くらいです」

オーギーは礼を言って電話を切った。胃がきりきりと痛むのを意識しながら、マティアスの隣の椅子に座った。「ここにいるわ」幸い、彼の額の出血は止まっていた。傷はかなり深いが。「もうすぐお医者さまが来るわ」

「僕は罰を受けているんだ」

「なんの罰を？」

「僕は父親と変わらないからだ。おそらく、神が物事を正そうとしているのだろう。僕は父を責めた。父を滅ぼそうとした。真の正義とは、僕が父を破滅させるのであれば、僕自身も破滅しなければならないということなのかもしれない」

「やめて。虚無的にならないで。あなたはこの試練を乗り越えなければならないのよ」

「目が見えなくなったら、生きたいとは思わない」

「やめて」オーギーは繰り返した。「目が見えなくても、たくさんの人が力強く人生を歩んでいる。ほかのハンディを背負っている人たちも。あなたは彼らが生きていてはいけないとでも？」

「そんなことは言っていない。僕はただ、新たな現実の中で生きることを学ぶのに疲れているのかもしれない」

「自己憐憫《じこれんびん》に浸ってはだめ。もっと悪くなるだけだもの。マティアス、こんなことになったのは自業自得だなんて考えるのはばかげているし、あなたは絶対に大丈夫」

「きみは何もわかっていない」

オーギーはかぶりを振った。彼女はただ、マティアスが突然、目の前で死んでしまうのではないかと、それだけを恐れていた。視力を失うほど脳に異常があれば、ほかに何が起こるかわからない。脳卒中に至るかもしれない。そうした不安が、彼女の中に昔の不安を呼び覚ました。

現代医学の進歩にもかかわらず、母親が亡くなるのを、オーギーは目の当たりにした。また不幸な歴史が繰り返されるのではないかと思うと、気が気でなかった。もし、そうなったら……。

そのとき、ヘリコプターの飛行音が聞こえてきた。

そして、ほっとしたのもつかの間、いっきに慌ただしくなった。マティアスは担架にのせられ、二階に移された。そのあとから医療機器が運ばれていく。すぐに医療チームの診察が始まった。

オーギーは彼のそばにいたかったが、一階で待機するようにと言われ、しぶしぶ従った。

「あなたも事故に遭われたのですか？」看護師がオーギーの頬に触れながら尋ねた。「怪我《けが》をなさったようですね」

「はい。でも、私は大丈夫です」

それでもオーギーは診察を受けたが、顔の打撲以外は何も問題はなかった。

しばらくしてバルデス医師が下りてきた。

「オーガスタ・フリーモント、私を呼んだのはあなたですね？」

「はい、私は……彼の婚約者です」事実上。オーギーはそれをここで利用するつもりだった

「チームを一晩ここにとどめます。もちろん心配なのは、腫れがひどくなって、脳外科手術が必要になることです。その場合、患者をヘリコプターで搬送しなくてはなりません」

「彼はロンドンには戻りたくないんです。それでここに来たばかりなんです」おそらく脳外科手術も望んでいないだろうとオーギーは思った。

チームは緊急医療が必要な場合について議論を始め、しばらくしてバルデス医師が言った。

「ここで最善を尽くしましょう。スキャンの結果、視神経を中心に脳が腫れています。圧が取り除かれれば、視力は回復する可能性は高い」

「彼のような症例はよくあることですか？」

「いいえ。でも、珍しいことではありません。心配なのは、出血や脳卒中です」

「そうですか……」オーギーは顔を曇らせた。

「彼は意識はしっかりしています。問題は……視力です」

「もし視力が戻らなかったら？」

「視神経の圧迫による損傷は、簡単には修復できません。だが、手術をすれば見えるようになります」

「よかった」

「今夜を乗りきれば、安定するでしょう」

「今夜を乗りきれば？」

「心配しないで。私は彼を死なせません。ただ、彼が生き続けるために支援が必要かどうかを見るだけです」

「ひどい話だわ。彼は何もしていないのに……。パパラッチが彼を追いかけたせいなんです」

「あいにく私がこの仕事に携わって学んだのは、多くの場合、善人は死に、悪人は生き延びるということです。そんなことにならないよう、私は最善を尽くしています」

オーギーはどうすればいいのかわからなかった。彼女は公にはマティアスの婚約者でありながら、実際はそうではなかった。けれど、彼の恋人だった。そして、今夜は現実とは思えなかった。ファンタジーが残酷な方法で打ち砕かれたのだ。

ようやく一階で一人になったとき、彼女は同僚に電話をかけた。三人ともまだオフィスにいて、それぞれのデスクで電話を取った。

「オーギー？」リンナが尋ねた。「今どこに？」

「事故に遭ったの」

三人とも驚きの声をあげ、口々に質問を浴びせた。

「マティアスも。彼は大怪我をしたの。パパラッチに追いかけられて」

「あの記事のせいね。見出しを見ただけで、ひどい話だとわかったわ」モードが言った。「妹さんの薬物の過剰摂取の話で、どうやら彼と妹さんとの最後の会話を録音したものがあるみたい。このまま麻薬中毒者であり続けるなら、いないほうがみんな幸せになれると、彼が妹さんに言ったとか」

オーギーは胸を締めつけられた。「マティアスは責任を感じていて、その理由がわかったわ。ただ、彼女の死には別の事情も関わっていたこともわかっているの」

「彼の父親は被害者面をして、彼を権謀術数主義者《マキャベリスト》に仕立てている。マティアスは一家に亀裂を入れようと常に画策し、実の妹を死に追いやった、と。要するに、これまでのマティアスの振る舞いはすべて嘘《うそ》だと言いたいのね」

「そのとおりよ」オーギーは同意した。「彼はとても傷ついている」

「ああ、ひどい話」モードが嘆息した。

ほかの二人が反応しないことに気づき、オーギーは言った。「彼が世間で言われているような人じゃない。私を信じて。彼の父親はひどい男よ。それに、マティアスは外見どおりの人じゃない。彼が妹の死に責任を感じているのは確かだけれど、本当に悪いのは父親なの。子供たちを操り、娘をごみのように扱っていた。そしてマティアスには……常に父親の言いなりになるしかないと思わせた」

「誰にでも選択肢はあるのに」イリンカが言った。

「だけど、生まれによっては選択が難しい場合もあるわ」

オーギーにイリンカが鋭いまなざしを注いだ。しかし、何も言わなかった。

「また連絡するわ」

オーギーの言葉で全員が電話を切ると、彼女は大きく息を吐いた。それもつかの間、また電話が鳴った。イリンカからだ。単独の通話で、ビデオ通話でもない。「どうしたの、イリンカ？」

「彼と寝たんでしょう？」

「どうしてそんなことをきくの？」

「あなたは彼のことをかなり信頼しているから。それに今も、あなたは明らかに彼と一緒にいる」

そして、私は彼の怪我について詳しくは語らなかった。彼を守ってあげたいと思ったから。オーギーは友人を心から信頼していたが、今日起こった出来事については話せないと悟った。

「なぜ話すべきではないと考えたのかはわからない。いずれにせよ、彼は私の評判に影響を与えるのに」

「これは私たちにとって大惨事よ、オーギー。それはわかっているでしょう？」

「頑張ればなんとかなるわ。だって、私は彼が悪い人間だとは思っていないもの。それに、最後にはすべてがうまくいくと信じている。必ず」

「どうしてそう思うの？」

「そう信じるしかないから」オーギーはすでに母親の死を目の当たりにしていた。そして、何もないところからすべてを築きあげてきた。それに、彼とならハッピーエンドを迎えられるという思いを、それを望んでいるという理由だけで信じるほど愚かでも、世間知らずでもなかった。けれど、自分には人を見る目があると信じていた。昨夜ベッドを共にした男性は真っ当な人、善人だと信じていた。そして、万事うまくいくと信じたかった。とはいえ、そうはならない場合もあることを身をもって知ってもいた。

　マティアスの父親は悪人で、それを世間に知らしめる手助けをしたかった。そのことをイリンカにどう説明すればいいか、オーギーにはわからなかった。

「ただ彼に惹《ひ》かれているだけじゃないの」オーギーは淡々と言った。

「そうでないことを願うわ」

「彼は傷ついている。今、彼を見捨てることはできない。もしそうしたら、私たちの状況はもっと悪くなると思う」

「間違いなく」

「どうか信じて。私ならこの問題を解決できるって」

「信じるわ。あなたは私の大切な友人だから。あなたはこれまで、ビジネスで間違ったことはしていない。でも、彼に関わることについては、間違いを犯しそうな気がしてならないの」

「わかってる。充分に気をつけるから、最後まで見届けて」

「終着点はどこ？　彼と結婚するつもり？　彼の子供を産むの？」

　イリンカの言葉に、オーギーは温かい気持ちになった。「いいえ。でも、彼が立ち直るまでは見守っていてほしい」

「わかったわ、オーギー」

電話を切ったあとも、オーギーはしばらく窓の外の裏庭を見つめていた。自分がすべてを台なしにしてしまったとは思いたくない。しかし、その可能性は多分にあった。

けれど今は、マティアスのためにできる限りのことをしようと決めた。なぜなら、実のところ、彼と運命を共にする覚悟を決めていて、最後までやり遂げなければならなかったからだ。

それ以上に、オーギーは彼のことを気にかけていた。この世界で孤独をかこつことがどんなにつらいか知っていたからだ。彼女には友人がいたが、彼にはいない。お金は腐るほど持っていても。

オーギーはさっきまで彼と並んで座っていたのと同じ椅子に座った。そして眠りに落ちていった。

10

マティアスが目を覚ましたとき、医療スタッフは出発の準備をしていた。

「四十八時間の経過観察が終了しました。あなたは健康ですが、視神経にまだ問題が残っています」

「それがまだ目が見えない理由ですか？」

「はい。ただ、脳の手術は急がないほうがいいでしょう。回復に時間がかかるからです。それよりも、自然に治るかどうかしばらく様子を見たほうがよろしいかと」

「どれくらい待てばいいんです？」

「少なくとも二、三週間は。その時点で、さらに詳しい検査をします」

「その間、どうすればいいのかな？」

「あなたは億万長者だ。資金的な余裕はおありでしょう」

　医師が現実的な見方をしているのはわかっていたし、見捨てるわけでもないことは承知していた。それでも、マティアスは怒りを覚えた。「僕は今、危機に直面している。急ぎの手術をお願いしたい」

「あなたはもっと大きな問題を抱えています。今は視神経の回復に専念するべきです」

　ときどき視界に閃光《せんこう》が走ったり、物の輪郭が見えたりすることもあるが、それが回復の兆しかどうか、マティアスは確信が持てなかった。

「どうかここにいてください。あなたのお世話は婚約者がしてくれるでしょう」

　婚約者……。

「オーガスタがここに？」

「ええ。彼女はずっと廊下を歩きまわっていて、ほとんど眠っていません。あなたのことを心から心配しています」

　なるほど。オーガスタは、僕への思いが本物であることを医師に納得させるのに成功した。だが、オーガスタがここにいるのは、それが彼女にとって有益だからだ。実のところ、オーガスタは今、僕を見捨てることができないのだ。もう遅すぎる。彼女の評判はすでに僕と密接に結びついているからだ。

「必要とあらば、二十分以内に飛んできます」

　そう言って医師が引き上げ、マティアスは一人になった。今や絶え間なく鳴り続けるモニターの作動音もない。そして、視界もない。

　足音が聞こえたが、それがどこから来ているのかはわからなかった。マティアスはこの家をよく知らなかった。もしロンドンのペントハウスにいたなら、手に取るようにわかったはずだ。

「小耳に挟んだのだけれど……」

オーガスタの声だ。マティアスは助手席に座っていた彼女の頬の痣《あざ》を思い浮かべた。続いて、生まれたままの姿で彼の腕の中にいる彼女を。彼はそのイメージをしっかりと抱きしめた。

「だったら、医者は僕が大丈夫だと考えていることは知っているわけだ」

「お医者さまが言ったこととは少し違うわ」

「きみは僕の世話をしなければならない」

「ええ、そのつもりよ」オーガスタは即答した。

「であれば、まずはメディアが僕のことをどう書いているか教えてほしい」

「それがあなたの回復に役に立つとは思えない」

「だが、知りたいんだ」

　マティアスは急に無力感に襲われた。彼は、視覚障害があってもそれを補うテクノロジーがたくさんあることは知っていたが、具体的な使い方は何一つ学んでいなかった。そのため、この状況に対処するスキルを持たず、自分が何をするべきなのか見当もつかなかった。

　彼は無力感に加え、怒りが湧き出した。もし彼女が教えてくれないなら、もはや知りようがない。自分では何もできないのだから。

「僕はきみを信頼する必要がある」

「あなたは知りたくないだろうという私の判断を、本当にあなたは信じてくれるの？」

「いいや」マティアスは首を横に振った。

「そう」オーガスタは用心深く応じた。「だったら、あなたは自分でどうにかするしかないわね」

「僕をもてあそぶな」

「もてあそんでなんかいないわ」

オーガスタの声にはいらだちがにじんでいる気がした。だが、彼女を見ることのできない彼には、実際のところはわからなかった。

「僕はもうだめだ」

「あなたはただ、このままの状態でいることが耐えられないと思っただけでしょう」

「だが、きっと癒やしは得られる。なぜなら、これは僕の妹が経験したのと同じことだから。間違いない。妹は闇の中に消えていった。独りぼっちで。そして今の僕は、闇に生きる人生を運命づけられ、この苦しみを和らげるために死を選ぶことさえ許されない」

「あなたは死が解放につながると考えているの？」

「今後の僕の人生になんの意味があるんだ？　僕がこれまでずっと避けてきたのは、このことだったのかもしれない。父を打ち負かすことは、自分自身を打ち負かすことでもある。僕がしてきたことはすべて、妹を追いつめた父に復讐《ふくしゅう》するためだった。だが。本当に妹の仇《かたき》を完全に討つには、僕自身も倒さなければならないのだ。そして今、運命は僕に引導を渡した」

「やめて」オーガスタが叫んだ。

彼女が何をしたのかは見えないが、がちゃがちゃという音が聞こえた。

「あなたは……罰を受けたと思っているの？　あなたはこの事故がある種の光をもたらしたと考えている。脳が腫れても死ななかったのだから、感謝するべきよ」

「それは難しいな」マティアスは即座に反論した。

「ええ、確かに感謝するのは難しいと思う。でも、私はあなたに同情できない。ただ、一つ質問させて。私の母は癌《がん》になって当然だと思う？」

「いや」彼は顔をしかめた。「きみのお母さんがどう関係するんだ？」

「あなたは、人が死ぬのは自らの悪行の報いだと考えている。でも、あなたは助かったのよ。死ななかったという事実に目を向けるべきじゃないかしら。そうすれば、自分が生きるに値するすべての理由を見つけ出せるかもしれない」

「きみは何もわかっていない。僕は父に復讐することに人生を捧《ささ》げているんだ。非業の死を遂げた妹のために」

「ええ、あなたはそう言った」

オーガスタの声がわずかに和らいだのがわかった。そして椅子に座る音が聞こえた。

「最初から教えて。どうやって妹さんの仇を討つつもりだったのか」

闇に包まれているマティアスは、自分の中に築きあげた防護壁が侵食され、崩れていくのを感じた。そして、この数年間ずっと抑えてきた、辛辣で有害な感情があふれ出した。

「父とは違う自分になるために、僕は全力を尽くす必要があった。単によりよい人間になるためではない。僕は自分が救いようのない人間であることを自覚しているからだ。僕は、父がしてきたことはすべて無意味だったことを証明しようと決めた。娘を死なせたこと、息子を疎外したこと、妻を生きる亡霊に変えたこと——それらすべてが彼が成功を手にするのに不必要だったと。僕は、あらゆる面で彼と真逆の存在になることで、それを達成しようとした」

彼は一呼吸おいて続けた。

「だからこそ、きみの力を借りて、女性を大切に扱う善良な男だという評判を得ることが重要なんだ」

「なるほど。妹さんの仇を討つために、ほかには何をしたの？」

「今話したことがすべてだ。今日の僕があるのは、そのおかげと言っていい。僕は父の帝国を破壊して僕の帝国に取りこみ、父にはけっしてなれなかった存在になるつもりだった。つまり、人々から愛される存在に。それは僕が愛されるにふさわしいからではなく、それを望んだからでもない。おまえはそういう存在にはなれないと父が断言していたからだ。

父と同じ土俵で戦うことなく父を打ち負かすこと以上に、勝利の快感を味わう良策があるだろうか？」

「ええ、確かに。そして、例の記事で、あなたは自分のやってきたことすべてが疑問視されていると気づいたのね」

「そうだ」マティアスはうなった。

「はたして元に戻せるかどうか……」

オーガスタの言葉に、彼は胸が切り刻まれたような痛みを感じた。「だとしたら、僕はなんのために生きていけばいいんだ？」

「それは自分で考えるしかないわ。あなたの人生の意義がどこにあるか、私にはわからない。けれど、あなたは自分に非常に深刻な質問を投げかけなければならない。勝てなかったらどうするのか、と？」

「そんな選択肢はない」彼は即座に否定した。

「あなたはここに座って、失明して当然だ、この事故は自業自得だ、と私に言うことはできても、自分の任務を達成できないかもしれないという現実を受け入れることはできないわけね」

「違う」マティアス再び否定した。「任務ではなく、目的だ」

「いいえ、あなたの目的ではない。ほかの誰かの目的よ。あなたには目的なんかない。あなたのしていることは単なる反応にすぎない。妹さんの死に対して、父親のむごい仕打ちに対して。そして、パパラッチがあなたの写真に添える見出しに対して。あなたはそうしたすべてに対する反応だけで人生を形づくっている」

「きみは何もわかっていない」マティアスは声を荒らげた。「きみは子供だ。母親を亡くしたことは気の毒に思う。だが、僕が経験したことに比べたら、大したことじゃない」

「私とあなたのトラウマを比較するわけ？」オーガスタの声にはあきれたような響きがあった。「私のトラウマがあなたのより小さく見えるとしたら、それはこの数年間、自己憐憫《じこれんびん》に浸ることなく、いろいろと行動を起こしてきたからよ」

「僕が自己憐憫に浸っているというのか？　父を破滅させる道具に自分をつくり変えたのは、自己憐憫とは違う。僕がまだ生きているという事実に一片の意味を見いだすことができる唯一の方法だからだ。そして今、それになんの意味もないとわかった」

マティアスは身をかがめて何かを拾い上げ、思いきり投げつけた。ガラスが割れる音に続いてオーガスタの悲鳴が聞こえた。

「子供なのはあなたのほうよ」彼女は辛辣な口調で言った。「ここに一人で座っていなさい。食べ物はその都度、持ってくるから」

「僕を一人にするなんて、きみにできるものか」マティアスは怒鳴った。

「できるわ。あなたは自分を哀れむ愚か者だから。救いようがないかもね、マティアス・バルカザール。目が見えないからではなく、父親とのゲームを続行することだけが人生で、ほかの人生は見えていないからよ。だから、こんなふうになったのよ。それこそ自業自得ね。運命のせいでも、神のせいでも、父親のせいでもないわ。あなたがこうなったのは、ただじっとしていることに耐えられず、何かせずにはいられなかったから。あなたは目の前の何かに反応せざるをえなかった。それが、これまであなたがしてきたことのすべてよ」

「きみは僕のことを知らない。数カ月前に僕の人生に現れたきみに、この数年間、僕が何をしていたのかわかるはずがない」

「私はあなたをここに置き去りにすることもできる。ここで腐らせることもできる。率直に言って、そうしても、私は後悔さえしないでしょう」

直後、何かが地面に落ちる音がした。指輪だ、とマティアスは気づいた。それから床を踏みつけるような足音が聞こえたかと思うと、ドアが勢いよく閉まる音が聞こえた。オーガスタは本当に彼を置き去りにしたのだ。

　彼はどこにともなく、誰にともなく、怒りの声をあげた。怒りは心の奥底の闇から湧き上がってきたもので、そのような闇を声に出したことは久しくなかった。だが、今の彼は闇そのものだった。闇は彼の内にも外にもあり、彼は耐えがたいほどの苦痛に襲われた。

　闇の中でマティアスは立ちすくんでいたが、やがて手探りしながらゆっくりと歩き始めた。とたんにサイドテーブルにぶつかり、罵り言葉が口からもれる。家具を伝いながら慎重に進み、ようやくベッドを見つけ、マットレスの端に腰を下ろした。酒が飲みたいが、オーガスタに買ってきてもらわなければならない。なのに、携帯電話を持っていないし、そもそも今の状態では操作もおぼつかないだろう。

　ふいにセラフィナが死んだ日のことが思い出された。あのときも無力感を覚えていた。自分が役立たずに思え、固まっていた。同時に責任も感じていた。

　もし妹に違うことを言っていたら……。

　もし彼女に何も言わなかったら……。

　僕は自分を愛してくれた人を壊してしまった。僕が愛していた唯一の人を。

　そして今、マティアスには何もなかった。まったく。あるのは空虚さだけだ。この空虚感を埋めるために、彼はすべてを覆い隠そうとした。そして、なんとか生き延びるための仮面を見つけた。たとえ見せかけの喜びに満ちた人生でも、今の状況よりはましだった。

　今、マティアスはオーガスタ・フリーモントを嫌っていた。彼女は怒りをぶつける格好の標的となった。彼の命令に従わなかったからだ。

世界は彼の意に従うどころか、反旗を翻した。オーガストはその象徴だ。

マティアスは闇の中に座り、そして理解した。過酷な現実から逃避させてくれる可能性のある物質を摂取したいという衝動を。

もし、今それが手の中にあったなら、マティアスは摂取したに違いない。

彼はこれまで直面したことのない苦境に陥っていた。彼には常にやるべきことが、使命があったのに、今は失われたからだ。

マティアスは何をどうすればいいのか、まったくわからなかった。

11

オーギーは罪悪感を抱き始めていた。彼にあんな意地悪な態度をとったのは、どう考えてもフェアではない。

けれど、放蕩者《ほうとうもの》というのは見せかけだと知っていたオーギーは、その仮面を剥ぎ取ったとき、もしその下に絶望しかなかったらと思うと、怖くてたまらなかった。彼はブラックホールだった。

そんな彼を、私は見捨ててしまったのだ……。

オーギーは今、ようやく落ち着きを取り戻し始めていた。実のところ、彼女は今回の出来事がビジネスの評判にどう影響しようがかまわなかった。手を引くのは造作もない。彼が抱えているのは家族の重大な秘密であり、そのことを知らなかったのだから、彼女には拒否権があるはずだった。

オーギーはため息をつき、仕事妻《ワーク・ワイブズ》たちに電話をかけた。

「私はここにいなくてはいけないみたい」オーギーは言った。

「もちろんよ」イリンカがすぐさま応じた。

「あなたたちは案外、元気みたいね？」

「彼はまだ……目が見えないの？」

イリンカの問いに、オーギーはうなずいた。「ええ」

「だったら、離れられないのも当然ね」

オーギーは鼻の下をつまんだ。「悩ましいのは、選択肢が二つしかないことなの。あなたにそんな暗い過去があったとは知らなかったと言って彼と完全に縁を切るか、あるいは、彼を信じてすべてを賭けるか」

「あなたは彼のことをどう思っているの？」今度はリンナが尋ねた。

「メディアが報じているより、状況はもっと複雑だと思う。マティアスは明らかに混乱している。確かに、彼は世界でいちばん好きなボーイフレンドではないし、ゴールデンレトリバーでもない。でも、私たちはすでにそれを知っていた」オーギーは言葉を切った。「それがどれほど意識的な見せかけだったか、私は気づいていなかった」

「私たちは常にあなたを応援しているわ」モードが言った。「困難な状況にある彼を見捨てることはできないでしょう、ビジネスに徹して？」

「まあ、また誰かの介護をする羽目になるなんて、あまりうれしくないけれど。こんなこと頼んでいないのに」

「もちろんそうでしょう」リンナは言った。「でも、あなたが何を頼んだかどうかなんて、世間は少しも気にしていないわ」

「リンナ、もしかしたら私は楽な暮らしを手に入れたかもしれないって、ずっと思っていたの」

「ああ、オーギー」リンナは笑った。「私たちの誰もそんな暮らしは手に入らないわ」

「じゃあ、働くことになんの意味があるの？」オーギーは欲求不満と激しい怒りを感じていた。

そして、自問した。なぜ私はマティアスに執着しているの？　モードの言うとおり、ビジネスだけの問題ではない。

そのことに気づいて、オーギーはいささかたじろいだ。なぜなら、こんなことを望んでいなかったからだ。何年もかけてゆっくりと死に向かう母を愛したいと望まなかったのと同じく。その愛、その世話の重荷を背負うのを望んでいなかったのと同じく。

オーギーは両手を握りしめ、自分を落ち着かせようと試みた。彼女はこんな自分が嫌いだった。悲劇に浸る自分が。病気になったのは彼女ではないし、今、一時的に失明しているのも彼女ではない。

しかし、オーギーは傷ついていた。そして、その感情の行き場がないことが、問題だった。

マティアスのことなど気にかけたくなかった。彼はオーギーの人生に刻まれた大惨事と言ってよかった。ほんのわずかも彼を好きになってはいけないとわかっていたのに、好きになった。なお悪いことに、彼を最初の恋人にしてしまったのだ。

「そろそろ彼のところに行かなくちゃ」オーギーは三人に告げた。

「大丈夫？」三人が口々に言った。どの声も気遣わしげだ。

「いいえ」オーギーは首を横に振った。「残念ながら、大丈夫とは言えない。この一週間は人生でいちばん奇妙な一週間だった。そして、私は混乱している。でも、乗り越えなければ。けっして自分を哀れんだりはしない」

「個人的には、ちょっとした自己憐憫《じこれんびん》は好きよ」イリンカが言った。「とにかく自分を大事にして。必要とあらば、みんなすぐに駆けつけるから」

「ありがとう。メディアに関しては、〈ユア・ガール・フライデー〉にどんな災いが降りかかるか、私にはわからないけれど」

「私たち三人でなんとか対処するわ。もちろん、私たちの公的な立場は、あなたとマティアス、そしてあなたの判断を支持するということ。彼に関する記事は、おそらくすべて誇張されていると思うの。もし彼の父親の悪行を暴く必要があるなら……」

「いいえ、そこまでする必要はないわ」オーギーは言った。「でも、悪行が明るみに出たら……」

「中傷合戦なんて、全員が傷つくだけよ」モードが言った。

「でも、ときには必要よ」リンナが言った。「何が起こるか予測できないのが人生だもの」

「確かに」オーギーは友人たちに別れを告げ、窓の外を眺めた。目を閉じ、彼と体を重ねたときのことを思い浮かべる。ほんの数日前、彼が自分の中にいたときの感触を。

あのときの喜びはどこへ行ったの？　どうしてこんなことになったの？

あれは一時的な物語だとオーギーは受け入れていたものの、まさか本当に一時的なものになるとは思ってもみなかった。二人は二カ月の間、婚約中のカップルとして過ごすはずだった。

なのに……。

オーギーはこの試練をただ乗り越えるしかなかった。それが人生というものだ。

彼女の父親は遺伝子の提供者にすぎず、母は亡くなった。オーギーを本当に愛してくれる人は、もうこの世に存在しないのだ。彼女には友人がいて、そのことに心から感謝していたが、本当の家族はいなかった。そして、そのつもりはなかったのに、自分を求めた最初の魅力的な男性にバージンを捧《ささ》げた。その男性は今、怪我《けが》をしている。本来あってはならないことだった。

みだりに空想にふけったり、泣き言を並べたりするべきではないと、オーギーはよくわかっていた。だから、彼が泣き言を言わないよう仕向けることから始めるつもりでいた。

オーギーは目を閉じ、さあ、行動あるのみ、と自分に言い聞かせた。

それからサンドイッチをつくり、バスケットに詰めた。外は太陽が光り輝くすばらしい天気だ。オーギーは今日一日を最大限に活用しようと決めた。私自身がそうならないようにするためにも、マティアスが絶望の淵《ふち》に沈むのを阻止しなければ。自己憐憫に浸っている暇はない。彼も同じだ。

オーギーは階段を駆け上がり、マティアスの寝室のドアを勢いよく開けた。彼はベッドの端に座っていた。絶望の表情を浮かべて。

「そんなことしないわよね？」彼女は言った。

「なんのことだ？」

「マティアス、あなたはけっして奈落の底に沈んだりしない。私がここにいる限り」

マティアスはいきなりベッドに寝そべり、人に興味を示さない猫のようにオーギーのほうをちらりと見た。彼には見えていないとわかってはいても、その暗いまなざしは彼女の胸を突き刺すようだった。

〝突き刺す〟という言葉が浮かんだことに、オーギーは少しいらだちを感じ、歯を食いしばった。

「何かコメントはないの？」

「何も言うことはない。だが、ここで何が起きているのかわからない。きみは教師なのか？　僕を懲らしめようとしているのか？　それとも、もう手遅れだということに気づいていないのか。僕は救いようがないんだ」

「あいにく私はそうは思っていないの。私は人がごみだなんて思ったりしないし、多少の間違いを犯したからといって処分されるべきだとも思わない」

「間違い？　まるで僕が数学のテストで悪い点数を取ったかのような言い方だな。いいか、僕は妹を墓場に送った罪人なんだ」

「あなたは妹さんに薬物を注射したわけじゃないでしょう」

　オーギーに平手打ちを食らったかのように、マティアスの顔色が変わった。

「私は事実を言ったまでよ。あなたは妹さんが自ら選んだという事実を無視している。確かに、あなたの父親はひどいし、明らかに彼女の自尊心を傷つけた。そして、彼はいまだにあなたに同じことをし続けている。あなたもやり返しているけれど。率直に言って、あなたは、とんでもない男と、勝ち目のないばかげたゲームに参加しているの。今も彼は娘の死を利用して、あなたを傷つけている。世間でのあなたの印象を悪くするために。彼はおそらく、あなたに感情があることさえ気づいていないし、あなたの気持ちなどまったく考えていない。これほど恐ろしいことはないわ」

　オーギーの中でどんどん感情が高まり、言葉が堰《せき》を切ったようにあふれ続けた。彼女は半ば取り乱していた。

「もしお父さんに勝たせていたら、どうなったと思う？　それともあなたは、妹さんの死について、世間の人たちがあれは恐ろしい過ちだったと納得するまで、過去を掘り返し続けるの？　あの記事を読めば、誰もが妹さんが問題を抱えていたのは生い立ちのせいだと考えるはず。けれど、もしそれが本当なら、あなたも同じ問題を抱えていたはずよ」

「違う」マティアスは否定した。「それは真実ではない。僕は……もっと強くなるべきだった」

「どうして？　どうしてそう思うの、マティアス？　意味がわからない」

「生来、僕のほうが妹より強かったからだ」

「なぜ？　あなたの生き方や行動が、お父さんが許容できるものに近かったから？　あなたは、ただ目の前にあることをこなすだけの子供だったように思える。そして、そのおかげでお父さんの最悪な部分から逃避することができた。お父さんがどんなにひどい人間か完全に理解するまでは。でも、妹さんはお父さんに従うことができなかったから、自分を偽ることができなかった。もちろん、あなたが選んだ道は楽ではなかったし、お父さんがあなたに対して優しく接したわけでもない。ただ、妹さんに対するのとは異なる接し方になっただけ」

「僕はセラフィナより強く、そして彼女のためにもっと強くあらねばならなかった。僕は気づくべきだった。洞察力を持つべきだった」

「結局、あなたはできなかった。まだ子供だったから。二十歳になっても、あなたは子供だった。父親の支配下にあり、世の中や現実の仕組みを理解していなかった。だから、もう一度きくわ。もしあなたがお父さんに勝たせていたらどうなったかしら？　これ以上戦い続けて、何を得られるというの？　少なくとも今は……あなたは自由よ。なぜなら、私たちはこの人里離れた場所にいて、何が起こっているのか、誰も知らないから」

「僕は隠れているように見られるだろう」

「その点は大丈夫。ワーク・ワイブズに処理を頼んだから、うまくやってくれると思う。父親に仕返しするためにメディアと駆け引きをしなくても、実際にはまったく問題ないはず」

彼はしばしの沈黙のあとで言った。「メディアや世間の人々は、僕が沈黙しているのは罪を認めているからだと思いこむだろう」

「そう思う人もいるでしょう。でも、あなたが本当に心配しているのは妹さんのことだと思う。妹さんの思い出をこんなふうに利用されるのは、あなたには耐えられない。そうでしょう？」

「たぶん、きみは正しい」

「さて、そろそろ出ましょうか。実はピクニックの準備をしてきたの」

マティアスの顔が恐怖にゆがんだ。「ピクニックになど行きたくない。目が見えるときでさえ行きたくないのに。僕を、花畑でよろよろ歩く老人のように連れまわすつもりか、バスケットを持って？」

「お花畑なんかないわ」

「いったいなんのためだ？」

「あなたを殻から抜け出させるためよ。ここに座って苦しんでいる限り、あなたは癒やされない」

「苦しんでなどいない」

「今さら私を欺くなんて不可能よ。ついさっきまで、あなたは死のうとしていたんだから。少しは物の見方を変える必要があるんじゃないかしら」

「そうするには、まず視力の回復が不可欠だ」

「あなたって、本当にひねくれ者ね」

「わかった。もううんざりだ」マティアスはきっぱりと言った。「ピクニックに行くよ。だが、きみはもっとばかげたことをしないよう努力するべきだ」

「ええ、そうするわ」

オーギーはベッドに歩み寄り、マティアスの手を取った。そのとたん、彼のぬくもりが彼女の中に欲望の矢を放った。この瞬間、オーギーはあの夜以上に、彼を求めていた。純粋かつ絶対的に。

それは鋭く、そして重苦しい事実だった。

マティアスの手に触れ、彼を見つめながら、オーギーは孤独を感じていた。もっと彼に近づきたいと思う半面、もっと離れていたいと願っていた。

「さあ」オーギーは言い、彼の手を引っ張った。彼が立ち上がると、指を絡め合わせた。「あなたが無事に着けるようサポートするわ」

「きみが僕を花畑に連れていって、ひな菊でも摘ませるつもりじゃないと信じるよ」

「普通の人はスズメバチの心配をするでしょうね」

「僕は違う。僕は柔らかなものに臆する」

「それは興味深い意見ね。あなたのアパートメントが、私が今までに行った中で最も柔らかい場所の一つであることを考えると」

「あれは、訪ねてくる女性たち向けのしつらえだ」

「ひょっとしたら、ひな菊は私のためにあるのかもしれない」オーギーは言った。彼女は、ほかの女性たちが彼を訪ねてくるという現実にこだわらないよう努めた。そんな女性たちを見たことがあった。彼と一緒にベッドで寝ているのを。けれど、そのときと今では、立場がまったく違う。

オーギーは彼をしっかりと抱き、部屋の外へと連れ出した。

「あと二歩で階段よ」

「了解。ありがとう」

マティアスの口調には硬さがあった。人に頼って歩くしかない自分がもどかしいのだろう。

「どういたしまして。一時的なことよ」

「そんなことわかるものか。気休めを言うな」

「ええ、わからないわ。でも、母にはいつも言っていたの、大丈夫よって。そして、私も大丈夫よって。だって、ほかになんて言えばいい？　わからないだなんて言えると思う？」

オーギーの心臓が早鐘を打ち始めた。この階段に慣れているのか、マティアスは彼女のペースに合わせて歩いた。彼は片手を彼女に、もう一方の手を手すりに添えていたが、オーギーは精いっぱい、彼を支えていた。彼はこれを嫌っているに違いないと思いながら。もっとも、彼女もいやだった。再びこんな立場に置かれるのは不本意だった。

「私は元気じゃないかもしれないとか？　ずっとこのままかもしれないとか？」オーギーは重苦しいため息をつきながらも、いつの間にか階段を下りきっていた。「階段はおしまい。ここから先は床よ。あなたはここで待っていて。キッチンに行って食べ物を持ってくるから」

「待っていたくなかったら？」

「それは困るわ。お互いに妥協しないと」

彼女は食べ物の入ったバスケットを取りに行き、そこで深呼吸をした。自分の感情を整理するために。まったく利己的で思いやりのない複雑な感情を。マティアスにキスをしたかった。彼を揺さぶってやりたかった。さらに、すぐに治療しようとしなかった医者のところに行って怒鳴りつけたかった。無力なマティアスを、彼が絶望的な状況にあるのを見るのが耐えられないからだ。

少し落ち着くと、オーギーは彼の待つ場所に戻った。「食べ物を持ってきたわ」

マティアスが手を伸ばさなかったので、彼女のほうから彼の手をつかんだ。

「さあ」オーギーは彼の手を握り、ドアのほうへ促した。

「きみは今、僕に対してあまりにも大きな力を持っている」

彼女はしばし黙りこんだ。「珍しくね」

「僕は普段、自分が大きな権力を持っていることを自覚している。その力を失うことは望んでいない」

「でも、その力は本物ではなかったんじゃないかしら？　人は万能ではないのよ」オーギーは言い、彼をドアの外へと導いていった。「親が病気になったときに学ぶことの一つは、それよ。あるいは、自分が負傷したり、病気になったりしたときに。私たちは、自分がすべてをコントロールできると錯覚している。でも、それは真実ではない。私だって、そういう錯覚に陥った経験がある。人生に強烈な一撃を食らってからあまりにも長い時間がたったあとに。今は人生はままならないと感じているけれど」

「僕が怪我《けが》をしてきみに迷惑をかけているから？」

「それはもう言ったでしょう。だけど、意地悪で言ったんじゃないの。ただ……あなたが持っていると思っていた力は必ずしも本物ではなかったということよ」

　彼は鼻で笑った。「僕はそうは思わない」

「あなたの父親があなたを支配しているという意味ではないわ。それに、あなたは億万長者だから、世間に好かれる必要もない。すべてから身を引いて、二度と働かなくてもいいのよ」

「だが、それがどんな感じなのか、想像できないんだ。少なくともいいことのようには思えない」

　あたり一面に木漏れ日が差しこみ、本当に美しい日だった。ひな菊は見当たらないが、ほかの野草が小さな花を咲かせていた。オーギーは彼をそちらに連れていきたくなったが、思い直し、大きな柳の木陰へと足を向けた。そして地面に毛布を広げ、彼を自分の隣に座らせた。

　心が和む穏やかなひととき。だが、それは見せかけにすぎなかった。なぜなら、マティアスは狂信的なメディアから身を隠し、苦痛に耐えながらここにいるからだ。オーギーは彼の大切な守護者であり、彼女が一夜限りの恋人だったことは、おそらくなんの意味も持たなかっただろう。

　とはいえ、オーギーにとって、それはすべてだった。彼女にとっては特別な日だった。

　そしてもちろん、マティアスにとっては……基本的にはただの火曜日だった。

彼は私と体を重ねたことすら忘れているかもしれない。なにしろ頭を打ったのだから。

「別に、僕が仕事熱心だからでも、成功する必要があるからでもない」マティアスは続けた。「単に、妹がもうこの世にいないからだ。そして、僕が何かをしなければ――自分の人生をなんとかしなければ、あるいは、父を破滅させなければ、僕の人生になんの意味があるんだ？」

「わからない」オーギーは計り知れないほどの悲しみに襲われ、毛布を見下ろした。二人の手は近いところに置かれているが、触れてはいない。今は触れる必要がないからだ。「今は人生の謎を解く必要はないのかもしれない。あなたはただ癒やされる必要があるだけなのかも」

マティアスは再び鼻で笑った。「僕は何もしないで休息に身を委ね続けたことはない」

「あなたには選択の余地はないの。わからない？　あなたの体がそうするように命じているのよ。だから、それに従う必要があるんじゃないかしら。教訓に耳を傾ける必要が」

「きみもそうかもしれない」

オーギーははっとしてマティアスのほうに顔を向けた。「ごめんなさい、今なんて？」

「きみも休息が必要なのかもしれない」

「私はあなたの面倒を見なくてはならない」

「僕が転んでまた頭を打たないようにするのが、きみにとって最良だと思う」

「さあ、どうかしら。また頭を打てば治るかもしれないわよ」

「それはかなり疑わしいな」

オーギーは彼の横顔を見つめた。「本当に私が休めばいいと言っているの？」

「ああ。きみは僕に尋ねた。もし僕が父を打ち負かそうとしていなかったら、僕の人生とはなんなのか、と。その答えは僕にもわからない。だが、きみの人生とはなんなんだ？　かつての自分とはまったく違う自分になることじゃないのか？」

どう答えればいいのか、オーギーはわからなかった。「私は意図的にそうしているわけじゃない」

もっとも、母を介護していたことを思い出させる場にいると、オーギーは居心地の悪さ、というより追いつめられているようなもっと複雑な感情に駆られた。多くの点で。そのため、恐怖を感じた。この状況から抜け出す方法を見つけられないのではないかと。だから、もしかしたら彼の言うとおりなのかもしれない、と彼女は思った。これが私の人生なのだと。かつての怯《おび》えた少女からできる限り離れることが。

そう、マティアスは正しい。だから私は、恋人をつくったり、出張中に観光したりすることもなかったのだ。同年代のほとんどの人がしているようなごく普通のことをすることも。

オーギーには友人がいて、彼女たちを心から愛していた。前に進む過程で友人たちを集め、友人たちが後押しをしてくれた。しかし、友人たちが自分に何かをしてくれたから愛したわけではない。友人たちはオーギーの目標の一部であったという事実に変わりはなかった。

私が最後に目標以外のことをしたのはいつだっただろう？　どこか新しい場所、わくわくする場所に出かけたのは？　その答えはすぐに出た。それはマティアス・バルカザールだった。彼と過ごした夜は、一人の女として、ただ気分よく、ただ人生を楽しむことができた唯一の夜、唯一の時間だった。

「まあ、この美しい家のこの場所で休むのも悪くはないわね」オーギーはサンドイッチの包みを開き始めた。「私たちは今、大きな柳の下に座っている。草葉は薄緑色で、私たちが座っている毛布は青い。草は柳の葉よりも濃い色をしていて、白い花の群れを避けて毛布を広げている。でも、花はすぐそこにある。空はいつになく青く、白い雲が浮かんでいる。すばらしい日よ。完璧だわ」

「花の香りがする」マティアスが言った。

「甘い香りね」彼女は応じた。

「これまで、僕は花の香りを嗅ぐために立ち止まったことはないように思う」

「私もわざわざ花の香りを嗅ごうとしたことは一度もないわ」彼女は目をしばたたいた。目がちくちくする。「むしろ、鼻からたくさんの花の香りを消そうと躍起になったことを覚えている。母がホスピスに入ったとき、母の親切な友人たちが花束を届けてくれたの。たいていは、オンライン・ショップから送られてきたもので、それほどいい香りはしなかった」

「花を届けてくれた人たちは介護を手伝ってくれなかったのか？」

その問いは、オーギーの胸をえぐった。それは彼女がこれまで一度も意識したことのない問いだった。

送られてきた薔薇《ばら》はすてきだったけれど、私を支えてはくれなかった。掃除や事務処理を手伝ってはくれなかった。次に何をするべきかも教えてはくれなかった。薔薇は私の話し相手にはなれないから。

「いいえ」オーギーは首を横に振った。「介護に手を貸すほど親しい友人は、母にはいなかった。私が生まれてから、彼女は友人たちとのつき合いから一歩身を引いたように思う。父のことが恥ずかしかったのかもしれない。今となっては尋ねることもできない。身近な人を失うことの最大のつらさはこの点にあるんじゃないかしら。母の本当の姿をもう知ることができないと思うと、悲しみは尽きることはない」

「よくわかるよ。妹が薬物依存症に陥った理由を、僕はけっして理解できない。少なくとも僕が理解したいようには。父のせいで僕が経験したことを、妹と共有することもできない。彼女が今ここにいてくれたらと思わずにはいられない。妹がいれば、僕は違う人間になれたはずだから」

「気の毒としか言いようがないわ」オーギーは言った。「そんな関係が奪われるなんて残酷すぎる」

「僕のせいで奪われたんだ」

「それは違うわ」

「いや、僕のせいだ。僕があんなことを言ったから。できるものなら、もう一度チャンスがあればと思う。やり直すチャンスが。今はただ、暗くて無駄なことを必要に迫られてやっているように感じる。僕はそうやって生きていくしかないのかもしれない」

「きっと妹さんはあなたにそれ以上の人生を望んでいるはず。本当に悲しいのは、妹さんもあなたのことをよく知らないということよ。もしあなた方が本当に互いを知っていたなら、二人ともきっと違う人生を歩んでいたでしょう。彼女がどんな女性になっていたかはわからないけれど、もし彼女が自分自身に対してもっと忍耐強かったら……。もし彼女があと少しだけ待っていられたら……」

「僕はただ休むためにここにいるのだと思っていた。過去の亡霊たちと関わるためではない」

「ええ、そうね。だけど、あなたと私のまわりにはあまりにも多くの亡霊がいる」

マティアスが身じろぎをすると、オーギーは空気が変化したのを感じた。彼は亡霊の話を断ち切りたいのだ。

「きみは今、何を着ているんだ？」

オーギーは頬がほてるのを感じた。「どういう意味、何を着ているかって？」

「気になるんだ。最後に見たとき、きみはオレンジ色のドレスを着ていた。前の晩に僕が脱がせたドレスだ」

「また何かの役を演じているの？」

「いや。だが、死者のことより、僕たちが共有した出会いについて話すほうがいいとは思わないか？」

「教えて。あなたがそうしたいのは、そのほうが気が楽だから？　それとも……私が欲しいから？」

「きみが欲しい」

　オーギーは息をのみ、心臓をどきどきさせながら考えた。これが自分にとって何を意味するのか。彼を満足させるべきか、拒むべきか。

「今日は白いドレスよ。つけ加えると、少し透けている。丈は膝の上までで、胸元は大きく開いている。けっして慎み深いものではない。見えるでしょう、胸の曲線が？」彼女はささやき声で答えた。

「目に見えるようだ」マティアスが言う。

「さあ、サンドイッチを食べて」

「ドレスの下には何を着ているんだ？」

　オーギーは頬の内側を噛《か》んだ。もう成り行きに任せるしかない。「白いレースのブラジャーよ。胸の頂が透けて見える。ショーツとおそろいなの。どんなふうに見えるかわかるでしょう？」

　マティアスはうなり声をあげた。「わかるとも」

「じゃあ、早く食べて」

「僕が食べたいのが食べ物じゃないとわかったらどうする？」

「そうね……食べてみたら？」

　マティアスは心の目で彼女の口をとらえた。苦もなく。そして彼が唇を重ねた瞬間、オーギーの心臓は止まった。体内を熱望が駆け巡る。

　ああ、彼が欲しい。見渡す限り、人影はない。ここで体を重ねても、誰も気づかない……。

　そのとき突然、マティアスがこの風景も私のことも見ることができないという苦い思いに、オーギーはとらわれた。それを察したかのように彼が言った。

「目が見えなくても大丈夫、女性の体のことは熟知している」

オーギーは身を震わせ、同時に嫉妬に襲われた。なぜなら、彼のこれまでの恋人たちから恩恵を受けることになるからだ。

「あなたが欲しい」オーギーはささやいた。「あなたが寝室に女性を連れこむたびに思ったものよ。彼女と何をしているのか、どんな気分でいるのかと」

「きみはまったく違っていた」マティアスはほほ笑んだ。「僕が数えきれないほど多くの女性と関係を持ってきたことは認める。ごまかしたりはしない。だが、きみはほかの誰とも違っていた」

「どこが?」

「きみは僕を見ている。ほかの誰も見たことのない何かを僕の中に見た。そして、きみに触れたとき、僕は自分自身を見ることができるかもしれないと感じた。今、僕は何も見えないが、きみがいてくれる。きみだけは見える。きみのおかげで、根なし草のように感じることなく、こうして存在していられる。僕は一人ではないのだと」

「マティアス……」オーギーはささやき、彼の唇に触れた。そして身を乗り出して彼にキスをし、彼を貪った。舌を彼の口の中に深く差し入れて。欲望に翻弄されている女というより、自分が何をするべきかを充分に理解している女であるかのように。

「マティアス……」再びささやく。

すると、彼はオーギーの腰に腕をまわして抱き上げ、自分の体にまたがらせた。ドレスは腿の上までたくし上げられ、張りつめた欲望のあかしがその場所にしっかりと押し当てられた。

ああ、彼が欲しい。心の奥底から。

オーギーはそれを言葉に出して告げた。彼の口元に、できるだけ淫らに。彼女の下で、彼が震えたのがわかった。

恥ずかしいなどとは少しも感じなかった。マティアスとなら平気だ。彼となら、新しい自分に、本来の自分になれた気がするから。今も、さんさんと輝く太陽の下、彼の愛撫《あいぶ》によってつくり変えられていく。それは最高にすばらしいことだった。

そして、オーギーは以前にも感じた衝動に突き動かされていた。彼との距離を縮めたい、心ゆくまで彼に触れたい、孤独感を打ち払いたい、と。

マティアスは孤独を感じているに違いない。彼は闇の中にいるから。だから、彼に触れた。体の隅々まで。手と唇で。

ふと気づくと、オーギーは毛布の上に仰向けに寝ていて、傍らではマティアスが服を脱いでいた。思わず彫像のような胸に手を伸ばし、ため息まじりにつぶやく。「あなたはとても美しい」

「きみもだ」マティアスは彼女の曲線を撫《な》でまわした。「目が見えなくても問題はない。わかっているし、感じてもいる。きみは美しい。僕は……なんとしてでも光を取り戻したい。たとえ天国と地獄を交換してでも。きみの肌の輝き、胸の頂のくすんだ色、脚の付け根のつややかなピンク。それを見ることができたら、僕は魂を差し出す。問題は、もはや僕には魂がないことだ。だがありがたいことに、僕にはきみがいる」

オーギーは彼の言葉を何もかも信じた。だから彼女は、自分のキスを光にしようとした。彼が中に入ってきて力強く動き始めると、彼の口を貪り、陽光をすべて吹きこもうと努めた。

「マティアス……マティアス……お願い」

彼は動きを速めながらオーギーの脚の付け根に手を伸ばし、親指を女性の最も敏感な場所へと滑らせた。するとたちまち彼女は絶頂に達した。太陽と青空と白い雲に向かって彼の名を叫びながら。

間をおかずにマティアスも額を彼女の額に押し当

て、自らを解き放った。

しばらくして、思いがけずマティアスが悪態をついた。「くそっ、避妊具を使うのを忘れた」

「大丈夫よ。ピルをのんでいるから。念のために。百パーセント安全とは言えないけれど……」

「きみを傷つけるつもりはない」マティアスはきっぱりと言った。

「わかってるわ」

けれど、オーギーは信じていなかった。私は彼に傷つけられるだろう。なぜなら、結局は別々の道を歩むことになって、私は打ちのめされるから。

とはいえ、彼は意図的に私を傷つけたりはしない。彼はそんな人ではないから。

これは現実ではない。私たちも現実ではない。私も彼もそれぞれの人生から引き離されているのだから。そして今、彼は感覚の一部さえ失ってしまった。おそらく、それこそが私たちが裸で野原にいる理由なのだろう。私たちは感覚を失ってしまったのだ。

「きみはなぜ誰ともつき合わなかったんだ？」

「まあ、今はつき合っているわ」

「ちょっと前までは。僕たちは……事故に遭い、このありさまだ」

肩をすくめたものの、オーギーはそのしぐさが彼には見えないことに気づいた。「私と体の関係を持ったところで、あなたにとってはどうってことないと思っていたわ」

「そうじゃなかった。何か意味があったんだ。オーギー、きみは明らかに、僕がこれまでつき合ったことのあるほかの女性たちとは違った。僕は彼女たちに敬意を抱いていたし、なんとなく好きだったが、彼女たちとは比較にならないくらい、きみのことを知りたいと思った。なのに、きみはあまり自分のことを話さなかった」

「ただ時間がなかっただけじゃないかしら。それに、私は誰にも心を開きたくなかったんだと思う。閉じこもることに慣れていたし、ほかの何者かになるのは難しかった。この七年間で私の人生はめまぐるしく変化し、毎月、毎年が違って感じられた」

オーギーはそこで言葉を切り、草をむしった。

「母の健康状態がさらに悪化したとき、私は強くならざるをえなかった。母の看病をしながら高校を卒業しなくてはならず、立ち止まることは許されなかった。近しい人が死にかけているとき、人は立ち止まることはできない。そして、事態は刻々と変化していく。私はそれを止めたいと思った。なんとかなると思えた瞬間もあった。母があまり痛みを感じず、比較的穏やかに見えたとき、私は時が止まるのを願っていた……」

彼女は真実をぐっとのみこんだ。

「当時の私には苦悩を打ち明けられる人も、悲しみを共有できる人もいなかった。私は、すべてを自分の中で処理することに慣れていた。大丈夫なふりをして、勇敢であろうとした。やがて、母が亡くなり、私は悲しみを抱えながら歩き続けることを余儀なくされた。幸い、学校に通う機会があったから、私は前を向いて進み続けることができた。そして、一歩一歩、故郷から、それまでの自分から遠ざかろうとした。けれど、本質的には何も変わっていなかったわ」

喉がつまったように感じ、唾をのみこむ。

「ときには、静かに座って物事をすべて整理する必要があるような気分になる日もあるけれど、そんなことに意味があるとは思えない」オーギーは懇願するかのようにマティアスを見つめた。彼が反応することはないとわかっているにもかかわらず。「あなたも、あんなにつらい経験をしたのだから、そのまま進み続けるほうがいいんじゃない？」

「それが僕の知る唯一の方法だ」彼は答えた。「でも、セックスをする時間はなんとか見つけてきた」

オーギーは笑った。「私には無理よ。なぜかはわからないけれど。たぶん、人とどうつながればいいのかわからなかったからだと思う」

「それは僕も同じだが、僕は数えきれないくらいセックスをしてきた」

「本当にそう思う？」オーギーは尋ねた。「あなたは本当に自分は人とつながる方法がわからないと思っているの？」

「ああ。自分自身とどうつながればいいのかさえわからない」彼はほほ笑んだ。「ときどき、自分が空っぽなのではないかと思う。自分がつくりあげたキャラクターそのものになってしまい、本当の自分はもう何も残っていないのではないか、と。そして、そうであってもかまわないと思っている。なぜなら、かつての自分――彼もまた空っぽだったから」

オーギーは、彼が息をのみ、喉仏が上下するのを見ていた。

「あの頃の僕は父の創造物だった。だが、きみがさっき言ったことが頭から離れない。今の僕も父の創造物にすぎない。僕がすることはすべて父に対する反応だから」

「意地悪で言ったわけじゃないのよ」オーギーはすばやく返した。けれど、かなり意地悪なことを口にしたという自覚はあったし、いらだちを感じてもいた。「私たちみんなに当てはまることだと思う。私たちの体は、成功や失敗を収めた神殿であり、そこにはトラウマや苦難を捧げる祭壇もある。私たちは皆、よいことも悪いことも経験する中で鍛えられていく存在じゃないかしら。そして、誰もが過去に起こったことに反応して行動しているにすぎない」

「きみは正しい」マティアスは同意した。「僕は自分のために生きてこなかった。何も見えなくなった今になって、やっとわかった」

「そうなの？」

「ああ。グラスを投げつけたことは謝るよ。浅はかだった。もしかしたらきみに怪我を負わせていたかもしれないのに、僕は……」

「でも、あなたは私を傷つけていない」オーギーは言った。「だから謝る必要はないわ」

「そういうわけにはいかないが……きみはうまく話をすり替えたな。僕が知りたかったのは、きみがバージンだった理由なのに」

「確たる理由はないわ」嘘《うそ》だった。理由はあるはずだが、自分でもまだ解明できていなかった。けれどこの際、試してみようと思った。マティアスのために。自分自身のために。「たぶん、真実はあなたが今言ったことに含まれていると思う。私は自分のために何かを望む方法を知らないまま、あなたに出会った。そして、あなたには……とても引きつけられる何かがあった。メディアがあなたについて語るようなことではなく。本来のあなたは彼らが言うような人ではないと直感的に思ったの」

「ピットブル？」

「そう。それを見抜けない人は愚鈍だと思う。あるいは、あなたの目を見ていないだけ」

「今は何も映っていない」

「嘘よ。あなたが実際に見ていようがいまいが、私はそこにあるものをたくさん見てきた。そして、あなたが欲しくなった。それまでは一度も……一度もそんなふうに誰かを欲しいと思ったことはなかった。私は自分に言い聞かせたの。それはあの夜、私たちが紡いだような幻想を求めていたからだ、と。なぜなら、私は自分が美しいと感じたから。なぜなら、私は特別だと感じたから。なぜなら、自分が世話をされる側で、その逆ではないと感じたから」

「そして今、きみは僕の盲導犬になっている」

「そうは思わない。もしそう感じさせてしまったのなら、ごめんなさい」

「謝る必要はない。僕はそう簡単に傷つかない。自分が感情を持っているかどうかさえ、確信が持てない」

「問題は、あなたがそう思いこんでいることよ。私たちはどちらも感情を持っている。それをどう扱えばいいのか心得ているわけではないけれど、二人とも感情を持っているのは確かよ。そして、私はほかの誰にも抱いたことのない感情であなたとつながっている」

「そう考えるのはいいことだ」

オーギーは、彼がどちらについて言っているのか判断しかねた。二人とも感情を持っているということについてなのか、それとも、彼女がほかの誰にも抱いたことのない感情で彼とつながっているということについてなのか。

「誰かを求める気持ちがどんなものなのかさえ、私は知らなかった」オーギーは続けた。「惹《ひ》かれる気持ちはわかる。だけど、必ずしも行動に移す必要性は感じなかった――あなたと出会うまでは」

「なぜ僕なんだ？」

「たぶん、私たちは同類だから」

「どこが？」マティアスは不安そうだったが、怒っているわけでも嘲っているわけでもなかった。

「生き延びるために自分自身を守る防護壁を築いたところ。別の人間になったところ。自分が別の人間になった、あるいはなろうとしたことに気づいていたかどうか、私にはわからない。その点ではあなたとまったく同じではないけれど」

「きみはかつての僕と同じだ」マティアスはゆっくりと言った。「僕の置かれた環境が僕を別人にしたにすぎない。決断も何もなかった。自ら決断したのは、そのあと目が覚めて、まったく新しい自分になろうと決意したときだけだ」

オーギーはうなずいた。「私は一度も決断しなかった。ずっと同じままだった。ただ行動しただけで、それ以外は何も変わらなかった。そう、この点はあなたと私は違う。ただ、こうして裸で野原にいる私たちは、同じタイプの愚か者なのかもしれない」

「誰かを求めるのは愚かなことだと思うか？」マティアスが尋ねた。

「プレイボーイのあなたは知っておくべきよ。私を求めた男性よりもずっと多くの女性があなたを求めてきたし、もちろんあなたも私が求めた男性よりずっと多くの女性を求めてきた」

「そのとおりだが、僕はセックスを、ケーキを求めるのと同じように求めてきた。きみを求めるのはそれとは違う。学校が休みになる前の最後の一週間のような、何かをしないではいられない息が止まるほどの切望とでも言おうか……ああ、これ以上のうまい表現が見つからない」

オーギーは息をのんだ。「それ以上の表現はできないんじゃないかしら」

彼女はマティアスに近づいて素肌に触れた。そして、太陽が裸の二人を温めるのを許した。二人が家に戻るまでにはずいぶん時間がかかった。

オーギーは彼の杖《つえ》となってマティアスを二階へ、彼のベッドへと導いた。

この一日を、オーギーは脳に、体全体に、刻みこもうとしていた。

なぜなら、彼と親密に過ごせるのは、おそらく今だけだから。

12

翌日、オーガスタ——オーギーはマティアスの監督者になった。

彼にとって昼夜の区別はなく、時間はもはや意味を持たなかった。そこにあるのは闇とオーギーだけだった。

彼女はマティアスに、各部屋の間取りを暗記させた。そう、監督者として。

「失明は永遠に続くわけじゃない」彼は抗議した。

オーギーは、彼をリビングルームからキッチンへと導こうとしていた。

「でも、今はそうよ」オーギーが言った。「私たちが今生きている世界なの。それに、あなたに怪我《けが》をさせたくないから」

「僕にまたがっているときのほうが、きみはずっと幸せなんじゃないか？」マティアスは彼女が悪態をつくのを聞き、表情が見えたらどんなにいいかと思った。

「下品な言い方ね」

「僕はむしろ控えめだと思う」

「あなたは謎めいている。ときには恥知らずで魅力的なプレイボーイ、またあるときは……」

「つかまったら脱出できないブラックホール？」

「ええ、そのとおり」

「たぶん、どちらも真実、どちらも僕なんだ。その二つを結びつける方法はわからないし、結びつけたいとも思わないが。どっちの僕がいい？」

「わからない。どちらも好きだから」

世間から好意的に見られていることにマティアスは慣れているが、彼らが見ている自分は偽りだと自覚していた。オーギーは彼の別の面を知っていた。そして、とにかく彼のことが好きだった。それこそが、彼女がまだここにいる理由なのだ。

「なぜきみはまだ僕と一緒にここにいるんだ？」

「ほかにどこへ行けばいいの、マティアス？」

「現実の生活に戻るとか？」

「今が、そしてあなたが、私の現実の生活なの」

「人のことを気にかけずにはいられない殉教者だからか？」言いすぎかもしれない、とマティアスは思った。とはいえ、彼女は長く母親の世話をしていたし、それが今の彼女の原動力となっている可能性は充分にある。

「いいえ、私自身のためよ。つまり……率直に言って、セックスのことなの。私は長い間ずっと、自分自身とより深くつながっていると感じていた。実際、もしまた誰かの世話をしなければならない状況に直面したら、走って逃げるわ。でも、あなたの世話に関しては違う。私はここにいたい。あなたと一緒に。でも、図に乗らないで」

「僕のエゴは、これ以上ないほど大きいんだ」

「そんなことないわ。あなたは私がこれまでに出会った中で、最も自己嫌悪に苛《さいな》まれ、偽りのエゴをまとった人よ」

その言葉に打ちのめされ、マティアスはもう話すことはないと思った。それで、キッチンへと歩きだした。あまり多くの物にぶつからずにやり遂げたものの、そのトレーニングに抵抗感もあった。なぜなら、永遠に闇の中に居続けるつもりはなかったからだ。失明はあくまで一時的なものだと確信していた。

オーギーは一週間、彼にトレーニングを続けさせた。しかし夜になると、彼のベッドに入ってきた。そこで築きあげた親密さは、きらめく王国のようだった。何も見えないかもしれないが、その親密さはこれ以上ないほど現実味を帯びていた。

スタッフを雇うこともできたが、マティアスはそれに抵抗を示し、オーギーも気にしていないようだった。彼女は、料理をはじめ、すべての家事をこなした。彼はオーギーに対する信頼を深めている自分に気づいた。

ここまで人を信頼した記憶はなかった。ろくでなしの父親のもとで育ったマティアスは、自分しか信頼できなかった。妹さえ信頼しなかった。父親が彼と妹が対立するよう仕向けていたからだ。

おまえは善人だが、おまえの妹は悪人だ、と。

しかしそれはマティアスを、ただセラフィナを守りたいという気持ちにさせただけだった。ただ、父がいっそう妹にむごくあたらないよう、ときには彼女に厳しくしなければならないと感じ、あえて叱ったりもした。

いずれにせよ、最悪な結末が待っていた。

オーギーが動きまわる音を聞きながら、マティアスはキッチンに入った。いい匂いがした。

「大したものじゃないの」彼女は言った。「スープとパンだけ」

「充分だ」

まったくなじみのない家庭的な雰囲気に包まれながら、マティアスは立ちつくしていた。この暮らしが続いてもいいような気さえした。これまで知っていたものとはまったく異なるこの日常が。

もちろん、彼の世話をしなければならないオーギーは違う気持ちを抱いているかもしれなかった。彼女がどう言おうと、今の彼は彼女にとって潜在的な負担であることに変わりはなかった。

「応接室に火をおこしたの。そこで暖を取りながらスープでも飲もうかと思って」

「ずいぶん気を遣ってくれるんだな」マティアスは自分の世話に彼女がこれほど尽力してくれていることに感動を覚えた。「僕はまるで……別の人生をここで生き直しているみたいだ」

「私も」オーギーは同意した。「全部皿に盛りつけ、応接室に持っていくわ。あなたは一人で応接室まで行ける？」

マティアスは手探りで自分の位置を確認し、どちらに進めばいいか考え、それからゆっくりと歩きだした。もうすぐ彼女に頼らずに自分の身のまわりの世話くらいはできるようになるだろう。僕はもっと自由に動けるようになりたいと思っているのか？

奇妙な気がした。彼は今、自分の人生を生きていなかった。復讐《ふくしゅう》にすべてを賭けた人生を。

いや、違う。マティアスはすぐさま否定した。僕は今、人生を生きている。自分が望むとは思ってもみなかった生き方で。

だが、彼が手に入れたものではなかった。彼女と一緒にいるためには、失明したままでいる必要がある。それはジレンマそのものだった。

彼は暖炉の熱を感じながら、慎重に椅子へと移動した。座ったとき、彼女が部屋に入ってくる足音が聞こえた。

「スープとパンをのせたトレイがあるの」

オーギーは彼が想像できるように言った。だが、マティアスは食べ物のことなど気にしていなかった。代わりに、オーギーが今どんな顔をしているか想像しようとした。これまでで最も強く印象に残っているのは、あの夜の彼女の姿だった。初めて恋人同士として一緒に過ごした夜の。以来、マティアスは彼女の体に何度も触れ、指先で彼女の体のくぼみや起伏を記憶していた。

それでも、彼女の顔が恋しかった。

「今日は何を着ているんだ、オーギー？」

彼女は笑った。「あなたは私を愛称で呼ぶのをずっと避けていたわ」

「ばかげた愛称だからだ」

彼女がトレイをテーブルに置く音が聞こえた。

「手を伸ばして」彼女はそう言って、スープの入ったボウルを彼の両手に置いた。「私もそう思う」

オーギーが座る音が聞こえ、続いてスプーンがボウルに当たる音がした。

「本当にばかげた愛称よね。私は〝ガス〟と呼ばれたかったのに。それなら少しはしゃれていると思ったの。男の子っぽいすてきな名前だって。〝オーギー〟なんて誰かのペットみたい」

「それは僕が考えていたこととはちょっと違うが、もっともな懸念だ」

彼女は笑った。「もう慣れたけれど、いつも母が何を考えていたのか不思議に思うの」

マティアスは慎重にスープを一口飲んだ。甘くてスパイシー、カレーの風味がほのかに感じられた。

「カレー風味のサツマイモのスープよ」オーギーが言った。自分が変な顔をしたに違いないと、マティアスは気づいた。「とてもおいしいよ」

「ありがとう」

「きみのお母さんはずっとシングルマザーだったのか？」

「ええ」オーギーは答えた。「結婚しなかったの。父親のことはあまり詳しく教えてくれなかった。ＤＮＡ検査とかで、もっと父親のことを知ることはできるけれど、そうすることにためらいがあって。パンドラの箱を開けてしまう気がするから。もし父親が結婚していたら？　私は彼の不倫の結果として生まれたとしたら？　彼が悪人だったら？　死んでいたら？　そうなったら悲しみが増えるだけだもの」

「その危惧《きぐ》はよくわかるよ。人生は、残酷であることのほうが多い。僕がその見本だ」

「それが私の教訓になるかどうかはわからない。ただ、家族を増やしたいとも思わない」

「きみは子供の頃、孤独だったんだな」

そう言ったとき、彼女のまわりで空気が変わったのをマティアスは感じ取った。

「ええ」オーギーは肯定した。「普通の親なら、子供たちが大人になって自立していくのを期待する。でも、私の母は違った。母は私を必要としていた。そして、自分の世話をしてくれる娘がいることにとても感謝していたと思う。母方の祖母は遠方に住んでいて、母の世話を手伝えないまま亡くなったわ。母には、私しかいなかったの」

彼女はそこで一息ついた。

「妙な話ね。あなたの過去について話しているうちに、私自身の過去について違った見方をするようになったの。母は多くの決断の結果、孤独になって、それを後悔していると思っていたけれど、そのことを母にどうやって話したらいいのかわからなかった。私はまだ母を母親として見ていたから、人として、弱い存在として見てはいなかった。けれど、母はそういう人だったのよ。私は母のためにできる限りのことをしたけれど、それは同時に、自分自身のためには何もできないことを意味した。でも、母の命は限られていたから、母の介護ができるのは今しかないと思い、自分のことは諦めたわ。もし私がいなかったら、母は訪問看護師の世話になるしかなく、私ほどには手厚く扱ってもらえなかったでしょう。それに、たとえ母をどこかの施設に入れたとしても、私の暮らしぶりがどれほど改善されたかは疑問ね。いずれにせよ、やり直すことはできない」

オーギーは大きなため息をついた。

「彼女は本当にすばらしい母親だった。できる限りのことをしてくれたわ。そして、私のことを、賢くて勇敢な子供だと褒めてくれた。私は孤独だと思っていたけれど、いつも母がそばにいてくれ、愛してくれていたことを思うと、ときどき本当にそうだろうかと疑問に思うことがある。普通、子供は愛に責任を負わないものだけれど、私の愛には常に責任が伴っていた……」

無償の愛を知らない子供の姿が脳裏に浮かび、マティアスは打ちのめされた。多くの子供たちが愛情に満ちた家庭に恵まれて生まれてくる。しかし、オーギーはそうではなかったのだ。

そして、僕も。

「あなたのお母さんはどうだったの？」

彼女の問いかけに、マティアスは一瞬、言葉につまった。「僕は……母のことをどう話したらいいのかさえわからない。母は今も健在だが、連絡をもらったことはない。僕の人生に、母が大きな影響力を持っていたとは言えない。父がすべてを支配し、母は傍観していた。母は父の金を使い、その代わり父に跡継ぎを与えた。だが、母に怒りは抱いていない。自ら命を絶ったに等しい者のために泣くの許さないと父が言ったせいで、母は娘の死を悲しむことさえままならなかった。母の感情さえ父の所有物であり、僕はただ母を哀れむことしかできない。腹を立ててはいない」

彼はしばし黙りこみ、それが本当かどうか考えたが、答えは出なかった。

「あなたは幸せだったことはある？」

「考えたこともない。ただ…生きていた。子供なら誰でもそうだと思う。きみはどうなんだ？」

「私も同じだった。母が亡くなるまで、つらいかどうかはあまり考えなかった。いえ、最後のほうはとてもつらかった。そして、もうすぐ終わるとわかると、ただ終わってほしいと願うようになった。そんな自分がいやでたまらなかった。母が亡くなったあと、まるで私が死期を早めてしまったかのようで、ひどく落ちこんだものよ」

「わかるよ」話すのはつらかったが、マティアスは言葉を継いだ。「妹は長い間、薬物依存症に陥っていた。妹を壊れやすいもののように扱っていた時期もあった。やがて、僕は怒りを覚え、父の怒りが僕を駆りたてた。僕は恐怖を忘れていたんだ。なぜなら、もしそうなったら、僕は前に進めるだろうと思ったからだ。妹のことをいつも考えたり、心配したりせずに生きていける、と。妹が過剰摂取したと知ったとき、最初に思ったのは、少なくとももう彼女のことは心配しなくていいということだった……」

罪悪感でマティアスの胃はきりきりと痛んだ。

「わかるわ」彼女はしみじみと言った。「母が亡くなる前の晩、痛みを訴える母に鎮痛剤をのませてから私は寝たの。そして翌朝四時に目が覚めたときには、母は亡くなっていた。安堵《あんど》したわ。すべての心配事、すべてのくびきから、いっぺんに解き放たれた気がした。これで自由になれたって」

「今もまだ自由だと感じているかい？」

「わからない」オーギーは率直に答えた。「ときどき自分がわからなくなるの。今の生活はあの頃とあまりにも違っていて、別人になったみたいで」

「僕は自由を感じない。というのも、もう妹のことを心配する必要がないとわかった直後、妹を追いつめたのは自分だと気づいたからだ。僕が変わることで妹を救えたかもしれないのに、変わる方法を知らなかった。僕の人生全体が腐っていたからだ。だが、それは言い訳にはならない」

「どうして？　子供は両親を選べない。あなたも、妹さんも」

「いや、もういい。考えたくない。つらすぎる」

「だったら考えなくていいわ。その代わり、子供の頃の楽しい思い出を話して。一つでいいから」

マティアスは苦笑した。「楽しい思い出なんてない。楽しいことにはすべて悲しみがつきまとっている」

「いいえ。今この瞬間のように、時の流れから切り離して考えて。何かあるでしょう」

彼は深呼吸をした。もちろん、目を閉じる必要はない。すると、オリーブ畑や、妹と一緒に馬で駆け抜けた糸杉の林が目に浮かんだ。彼らが自由だった唯一の時間。「子供の頃、妹と一緒に浮浪者のふりをした。青りんごとパンを枕カバーに詰め、馬に乗って敷地の端まで行ったことがある」

マティアスははっきりと思い出すことができた。目の前に広がる地平線を。そこには壁などなかったが、二人は壁があるかのように振る舞っていた。そこから先は行けないと。

「なぜその先に行こうとしなかったのか、わからない。そうするべきだったのに」

二人の心の中には知らず知らず柵ができていたのだ。それをつくり出したのは暴君の父親だった。彼らがまだ幼かった頃、父親は彼らを心理的に支配しようともくろみ、そして勝利した。

あの男は今でも同じ戦いを続けているのか？

そのとき、オーギーが彼の手に自分の手を重ねた。マティアスは彼女のぬくもりを、続いて息遣いを感じた。そして彼女が柔らかな唇を口に押しつけてきたとき、彼は欲望が全身に広がるのを許した。現実の生活から遊離したこの時間は、なぜか自分の人生で最も重大に感じられた。

マティアスはキスを返し、オーギーを自分の膝の上に引き寄せた。そして、彼女の美しさを確かめるために、柔らかな顔の上に指を滑らせた。それから背中に手をまわしてシャツを頭から引き抜き、ブラジャーのホックを外した。ほかの衣類も剥ぎ取り、彼女の体のあらゆる曲線を堪能する。続いて片方の手を彼女の腰にまわし、もう一方の手を脚の付け根に伸ばし、彼女がどれほど渇望しているかを指で確かめた。ああ、ありのままの僕を知ったにもかかわらず、オーギーは僕を求めている。僕の子供の頃の哀れな話を聞いても。

感謝したものの、それさえも彼に劣等感を抱かせた。しかし、オーギーが彼のシャツを脱がし、胸や腹にキスの雨を降り注いだとき、もう情けないとは感じなかった。とはいえ、以前の自分に戻るような感覚もなかった。まったく新しい感覚だった。

オーギーは彼の膝から滑り下り、彼の両脚の間に座りこんだ。そしてズボンを引き下げて欲望のあかしを解放すると、口に含んで深く吸いこんだ。

マティアスは闇を突き抜け、オーギーが彼の下腹部に顔をうずめている姿を見たいと切に願った。なぜなら、オーギーを本当に見始めてからさほど時間がたたないうちに、失明してしまったからだ。

あの夜、二人はすばらしい時間を過ごした。そして、マティアスは本当に理解したのだ。彼女がいかに美しく、唯一無二の存在であるかを。彼はプライベートジェットの寝室に何人もの女性たちを連れこんできた。ドアの向こうにすばらしいごちそうがあるのに、言わばパンと水で満足していたのだ。彼女たちは魅力的だったが、オーギーとは明らかに違った。オーギーとの間には何か特別なものが働いていた。自分は誰かと特別なつながりを持つことなどできないと言ったにもかかわらず。

特別なつながりなど無用の長物だった。

マティアスはただ一つのことを感じるようになった。復讐《ふくしゅう》への強い欲望だ。それはほかのすべてを消し去ったが、彼女と一緒にいると、それ以上の何かが見つかった。視力を失ったことで感覚が研ぎ澄まされたのではない。彼女のおかげなのだ。

彼女を知り、彼女を感じたい。オーギーを知りたいという欲求が妹の仇《かたき》を討ちたいという気持ちに勝ったのだ。マティアスはそれに抵抗しようとしたが無理だった。彼女に抵抗できなかったのと同じく。

オーギーの巧みな舌遣いに追いこまれると、マテイアスは彼女に身を委ねた。そして、もう限界だと悟った瞬間、彼女を抱き上げ、膝の上にのせた。ありがたいことに、スカートの下には何も身につけていない。彼はすぐさま彼女を貫いた。

あえぐオーギーをマティアスは激しく突き上げ、彼女を、そして自身を、めくるめく世界へと連れていった。二人は同時に絶頂に達した。

やがて静寂が訪れ、マティアスはその中で、平和そのものといった感覚に浸った。それを壊すのが怖くて、動くのをためらった。これは幻想にすぎないのではないかと恐れ、息をするのもためらった。

オーギーが彼の首元に頭をあずけると、マティアスは彼女の頭の後ろに手をまわして抱きしめた。

僕が最後に誰かを慰めたのはいつだっただろう？　誰かのためにこうして寄り添うのは、いつ以来だろう？　誰かが僕のために寄り添ってくれたのはいつのことだったか……。

マティアスはここ数年、いや、おそらく生涯で初めて、自分が完全な存在になった気がした。

この状態に身を委ねていたかった。いつまでも。

「皿洗いは明日にして、もう寝ましょう」オーギーが彼の耳元でささやいた。

マティアスはうなずき、彼女に手を引いてもらって階段をのぼった。人に世話をしてもらうのがこんなにも気持ちがいいものだとは。しかしなぜか、これがとても壊れやすいものだという深い確信があった。同時に、いったん壊れたら、修復は不可能だという感覚に襲われていた。

そして、眠りに落ちる前に最後に思ったのは、彼女を失うことはけっして救いにはならないということだった。視力を失い、復讐を果たすこともなく、マティアス・バルカザールはついに、すべてを手に入れるとはどういうことかを理解した。世界から隔絶されたこの館で。

13

昨夜、状況は一変した。見事に。オーギーは翌日もまだそのことを考えていた。ずっと考えていた。彼に対する気持ちの変化だけでなく、二人がここにとどまっていることについても。マティアスときちんと話す必要があることはわかっていた。なんらかの声明を出すことについても。けれど、オーギーはここに外の世界を持ちこみたくなかった。もう二週間になるのに、彼の目はよくなっていなかった。何もかも停滞を余儀なくされている。例の記事への対処、神経科への受診……。

そして、あなたの気持ち。内なる声が言い添えた。

それはあとまわしでかまわない。オーギーはキッチンカウンターの上に押し当てた自分の手をじっと見つめた。私の気持ち？　私はマティアスを愛しているのだろうか。でも、愛ってなんなの？　その問いに彼女ははっきりとは答えられなかった。そのせいで、私は心から愛を求めたことがなかったのかもしれない。だから、男性や欲望といったものを避けることができたに違いない。

彼に支えられている、とマティアスは私に感じさせてくれた。私は大切な存在だとも。

マティアスは私の話を聞いてくれた。今の彼は、最初に会ったときとは別人のようだ。プレイボーイの仮面の下に存在していた暗い心の傷を発見したからというだけではない。私は、彼の中の穏やかな部分も見つけたのだ。利己的ではなく、むしろ利他的な部分を。

実際、マティアスは非常に思慮深い人だった。そして、それこそが彼を傷つけていることに、オーギーは気づいた。

妹を——近しい人を失った悲しみは、彼の中でいまだに息づいている。オーギーと同じく。彼と共通点があるなどと、彼女は想像したこともなかった。それどころか、オーギーには彼の魂を認識する心があった。彼の深い傷を認識し、理解する心が。それは共感よりもずっと深いものだった。

もっとも、それはただ、幻想の中で生き続けたいというオーギーの願望が生んだ、危険な錯覚なのかもしれない。彼との間には特別なつながりがあると。そんなつながりが実在するのか、単なる錯覚なのか、確信が持てなかった。

しかし、マティアスがゆっくりと一人で階段を下りてきたとき、オーギーの心の中で何かが打ち上げ花火のように弾《はじ》けた。やはり、私と彼との間には特別なつながりがあるのだ。

オーギーは彼と共に残りの人生を歩みたいと思った。それは今、かつてないほど明確な目標となった。

とはいえ、自分のビジネスに興味を失ったわけではない。子供時代からの重荷を背負っていないわけでもなかった。

けれど、それらを凌《りょう》駕《が》するほど、彼と一緒に人生を歩みたいという気持ちは強かった。

これまでは自分のことは自分でなんとかしなければならないと頑《かたく》なに思いこんでいた。母親が患っている癌《がん》がどういうものか理解できるようになったときから、オーギーは母親が若くして亡くなることを知っていたからだ。

そのときの孤独感といったら……。

そして、彼女は同じことが繰り返される可能性があることを理解していた。二人は事故に遭い、マティアスは脳にダメージを負って視覚を失った。一時的なものだが、ずっと続く可能性もある。そうしたら、また介護の日々を送る羽目になるのだ。

しかし、その過酷な現実がもたらす苦労より、彼と一緒に何かを成し遂げることができる喜びのほうが大きいように思えてならなかった。
なぜなら、マティアスを愛しているから。
ただ、今は何も言えない。じっと耐えるしかない。
彼女は何事にも計画を必要とするタイプだった。

　オーギーは彼に話しかけた。

「ちょっと考えていたの。あなたは神経科医に診てもらう必要があるから、そろそろ妹さんの件で何か声明を発表したほうがいいんじゃないかって」

「その件で広報活動はしないほうがいいと言ったと思うが」

「でも、最善策はあなたが真実を語ることだと思う。広報担当者を介さずに、あなたが真実を語るべきよ。脚色なしに」

「脚色なし？」

「ええ。もしあなたが妹さんのことを、私に話したように、世界に発信したらどうなると思う？　あなたが私に話したように。もしかしたら、それが失敗に終わり、最終的にあなたは万人に愛されなくなる恐れがあるけれど」

「そんなことはどうでもいい。気にしない」

「みんなに愛されたかったんじゃなかった？」

「嫌われるよりはましだろうが、愛されることを目的としたことはない」

「いいえ。お父さんがあらゆる点で間違っていることを示すために、あなたはみんなから愛されたいと思ったはず。でも……真実を知らせるほうがより効果的だったのかもしれない。あなたはセラフィナを愛していた。たとえ欠点があっても。あなたはお父さんよりずっと立派な人よ」

　彼は顎の下に指を添えた。「自分の気持ちをどう話していいのかわからない」

「ここに来てからずっと話し合ってきたでしょう」

「これは別だ」マティアスは手を大きく振った。

オーギーはテーブルから自分のチェスの駒をすべて払い落とされた気がした。マティアスはこの一連の経験全体を否定したのだ。彼女にとってとても深い意味を持つこの経験を。

オーギーは下唇を噛《か》んだ。

「ここを出たら、オーギー、きみはもう僕から手を引いてかまわない。なんの義務もないのだから、最初から」

「そうね。目の見えないあなたを、私は容赦なく突き放していたかもしれない」

「ああ、そうすることもできただろう」

確かに。それを妨げる理由は何もなかったのだから。そう、私は彼を突き放すことができたのだ。

考えてみれば、母親の介護についても同様だった。ほかに選択肢がないように感じていたけれど、本当は選択肢があったのだ。

けれど、母の余命を知ったとき、私は最後まで介護する道を選んだ。母を愛していたから。私は自分は犠牲者だと思っていたが、自ら選んだのだ。

「あなたの言うとおりね」オーギーは言った。「私は逃げ出すこともできた。でも、そうしなかった。なぜなら……あなたのことが心配だったから」

マティアスは彼女を見つめた。たとえ見えなくても、その黒い瞳は彼女を正確にとらえた。「きみは……僕のことを気にかけるべきではない」

彼はきっぱりと言った。まるで彼女の胸に大きな石を置くかのように重苦しく。

これが現実なのだ。二人の可能性に、マティアスは抵抗するつもりなのだ。なんとしても。

どんなに会話を重ねてきても、どんなに私が彼を知っていたとしても。

「行きましょう」オーギーは言った。

「どこへ？」

「お医者さまのところへ。パパラッチが追いかけてくるかもしれないけれど、私の仕事妻《ワーク・ワイブズ》たちが、私たちはサン・トロペに飛んだという話を仕組んでくれたの。今頃、あなたのプライベートジェットが囮《おとり》として飛んでいるんじゃないかしら」

「天才的だ」

「おかげでここから脱出して、騒ぎになることなく病院に行けるわ。そのあと、あなたのタウンハウスにこっそり戻れるかも」

「残念だな。ここでの暮らし方をせっかく覚えたのに」

ほどなく、荷物をまとめてトランクに詰めこみ、オーギーは彼を車に乗せてロンドン市街に向かった。右側通行での運転には慣れていないが、なんとか病院までたどり着いた。

マティアスの脳をスキャンした結果を踏まえ、神経科医は病状を二人に説明した。

「視神経がまだ液体に圧迫されています。いちばんいいのは、切開して液体を排出することです」

「ちょっと恐ろしい響きね」オーギーは言った。

「なんでもいいから、早くどうにかしてくれ」マティアスはぶっきらぼうに言った。

「明日の朝、手術をしましょう。今夜はここに泊まりますか？」

「いや」マティアスは断った。

オーギーはあまり深く考えないようにした。彼は、私と一緒にいられる選択をしたのだ。最後の夜を一緒に過ごせるように。

最後の夜？　彼に何かが起こるわけではない。

もし視覚が回復したら、彼はもう私をそばに置く必要がなくなり、復讐《ふくしゅう》に賭けた人生に戻るのだろう。そして、彼の評判は……。まあ、私がそれを修正するには婚約以上のものが、真実が必要だ。彼は自分自身の中に真実を見つけ、それを公表しなければならないだろう。彼ならそれができるとオーギーにはわかっていた。問題は、彼にその意欲があるかどうかだ。

彼のロンドンの自宅に戻ると、二人は一秒一秒を惜しむかのように愛し合った。

オーギーは確かにそこに愛を見いだし、ついに我慢できなくなった。彼女はマティアスの顔に触れながら彼を見つめた。なんといとしく、なんとなじみ深い光景だろう。けれど、マティアスにとっては、彼女はそのような存在ではなかったのだ。

「愛しているわ、マティアス」

そして、すべてが崩れ去った。

14

マティアスはどう反応していいかわからなかった。喜びはない。あるのは痛みだけだ。オーギーは宝物のように感じられるものを差し出してくれたが、彼は手を伸ばしてそれをつかめなかった。

彼は闇の中で凍りついていた。

なぜなら、マティアスは彼女の愛に値しなかったからだ。彼は愛など望んでいなかった。

妹の死に、僕はすべての責任を負っている。けっして免責されるべきではない。それを思えば、明日、目の手術を受けることすらためらわれる。

僕は光を取り戻すのに値しない男だ……。

「オーギー、もし僕が、きみに間違ったシグナルを送っていたとしたら――」

「やめて。プレイボーイぶらないで。私に嘘《うそ》をつかないで。話をそらさないで」

マティアスは腹を立てた。「僕はきみのためを思って優しく――」

「マティアス、人の心を優しく傷つけるなんて不可能よ。飾ることなく、正直に言えばいい」

「正直な話、僕の人生は支離滅裂だとわかっている。自分で台なしにしたんだ。そして、それを正すことができなかったとしても、当然の報いだと思う」

「嘘よ。あなたがそれを私だけに言っているのか、それとも自分にも言っているのかはわからないけれど。あなたはセラフィナを愛していた。なぜ私がそれを知っているかわかる？　あなたがとても大きな悲しみを抱いているから。妹を愛することは、妹を失うことと同じくらいつらい。それが愛というものよ。それは厳しく、けっして単純なものではない。あなたは妹を失うことを選んだわけではない。あなたは、なんらかの形でその喪失感や後悔を克服しようとして、人生のすべてを犠牲にしてきた。そして傷ついている。そのことはあなたが何に値する人間かを物語っているの。それがわからない？」

「そんなことはどうでもいい。確かなのは、僕がここにいる目的は一つしかないということだけだ。彼女を失ったあと、僕がこの世でなすべきことが一つだけあるんだ」マティアスは彼女を突き放す新たな方法を見つけようとあがいていた。なぜなら、彼女が差し出してくれたものはあまりにも痛々しく、あまりにもまぶしかったからだ。それは闇を突き抜ける光だが、今の彼は闇に慣れすぎていた。

　自分が引き起こした混乱に慣れすぎていた。自らつくり出した自分の複製に。今の彼は、肉体がそこに存在しているだけで、魂はとっくに消《き》え失《う》せていた。

僕は僕自身ではなく、父の創造物だったのだ……。すべては父の仕業だ。妹の件はもとより、あの事故も、僕の失明も。僕は、父親に創造されたという理由以外に、生きる理由のない無意味な存在。肉体的にも感情的にも。

　それに引き替え、オーギーはほかの人たちの生活をよりよくする手助けをする有意義な人生を送っている。彼女は心から母親を愛し、献身的な介護をした。彼女はあらゆる面で、僕が足元にも及ばない価値ある人生を築いている。

　マティアスは劣等感を抱いたことは一度もなかった。そして、尊敬するべき彼女が与えてくれるものに、彼は応えることができなかった。「オーギー、きみが愛を捧《ささ》げるべき相手は僕ではない。僕は父の操り人形以上の存在になれる保証がないからだ」

「だから何？　あなたはそういう生き方をしてきたから、そうやって死ぬつもり？」

「それが最善の道かもしれない。父の血筋は僕で途絶えるから」

「だめ。私はそんなことは望んでいない」

「僕は明日、手術を受ける身だ。今は目が見えないし、本当の自分ではない。そんな僕に期待するな」

「いいえ、今のあなたは、これまでいちばんあなたらしいわ。この一週間こそ、人生そのものだった。そうやって生きる道を、なぜ選べないの？」

「そんなに単純ではないからだ」

「いいえ。これは、あなたが敷地の端まで行って立ちすくむのと同じなの。そこに壁があると感じ、乗り越えられないだけ。そんな壁は存在しないのに」

　実際には存在しない壁……。僕は常にそのような生き方を送る運命にあるのだろうか。

「たぶんきみの言うとおりだ」彼は認めた。「だが、僕はいつもその壁を見るだろう」

「あなたはその壁を見続けるつもり？　それを消し

去るチャンスがあったのに。私たちが一緒に暮らしたこの一週間こそ、そのチャンスだった。あなたはまっさらな状態で、視力さえ奪われたのに、それでもまだ壁を見ることを選ぶ。私にはもうどうすることもできない」

彼女がベッドから離れ、服を着る音がした。

「朝になったら誰かをここへ来させるわ。私は自分の面倒を見ないといけないから」

マティアスは何も言わなかったが、本当は反論したかった。オーギーに一緒にいてほしかった。切実に。そして、彼女が家を出る足音が聞こえてきたとき、失明してから一度も感じたことのない孤独感に襲われ、絶望を感じた。彼女も視力も、すべて失っては、このまま死んでしまいそうな気がした。

それでも、僕はこれを乗り越えなければならない。

だが乗り越えた先に、何があるのだろう？

15

オーギーは不幸のどん底にあり、自分が下したすべての決断を後悔していた。彼に愛を告白したことから、彼のもとを去ったことまで。

そして、〈ユア・ガール・フライデー〉のオフィスに顔を出したとき、彼女は後悔の念を隠そうともしなかった。

「オーギー……」リンナはショックを受けた様子で言った。「戻ってきたのね」

「そうよ」

「今、ほかには誰もいないわ。二人とも仕事で」

「そう。でも、私はここにいる。すべてが最悪よ」

マティアスとのことをオーギーは洗いざらいぶち

まけた。リンナがどのように反応するのを期待していいのかわからないまま。

結局、彼女からの批判はいっさいなかった。

「それでどうするの？」

「彼が自分の立場をはっきりさせた以上、私に何ができて？」

「でも、彼の言葉を受け入れる必要はないわ」

「私を欲しくないと言った男のあとを追い続けろというの？　なんだか哀れね」

「彼はあなたを欲しくないなんて言ってないわ。とにかく、人は愛のためなら少しくらい情けなくなってもいいと思う。そこが大事なんじゃない？　そうでないなら、私はわざわざ恋愛なんてしない。たぶんこれからもしないでしょうね。ただ――」

「いいえ。誰もがお互いに多くを求めず、多くを必要としないようにすればいいのよ」

「そんな恋愛、退屈じゃないかしら」

オーギーは反論できないことに気づいた。彼女は静かで控えめであることを望んでいたわけではない。心を揺さぶられる恋愛があってもいい。実際、マティアスに恋をしたことで、自分の新しい部分を見つけるのに役立った。

これで終わりにしたくはなかった。彼なしで生きていくのはつらい。彼が欲しかった。そして、彼と共に花開く自分でありたいと願った。

「彼はもうすぐ手術を受けるけれど、今から病院に行っても間に合わないわ」

「でも、とにかく行ったほうがいい。あなたの彼に対する気持ちは、彼があなたをどう思うかに左右されるわけじゃないでしょう？」

リンナの言葉に背中を押され、オーギーは病院に向かった。着くと、彼は手術中だと告げられ、終わったら知らせるとのことだった。

ポケットの中で携帯電話の着信音が鳴った。イリンカからメールが届いていた。

〈あなたの仕業？〉

オーギーは顔をしかめ、イリンカのメールにあるリンクを開いた。

それはマティアスが出した声明文だった。口述筆記に違いない。オーギーは電話を握りしめ、どきどきしながら読み始めた。

今朝早く私のもとを去ったオーガスタ・フリーモントの勧めに従い、この声明を発表いたします。彼女もまた、私が期待を裏切った一人です。しかし、それはこの声明の主旨ではありません。

現在、妹セラフィナの死は私のせいだという、父ハビエル・バルカザールが仕組んだゴシップが世間を騒がせています。

かねがね、私は自分が成功を収めることで父を破滅させたいと願い、そのように行動してきました。なぜなら、妹の死には父も大きな責任を負っているからです。彼女と最後に話したとき、私が厳しい言葉をかけたのも、父に逆らえなかったからです。父はそのように私を育てました。

私はこれまでずっと罪悪感に苛《さいな》まれて生きてきました。そして、二週間前に事故に遭い、療養を余儀なくされるまで、人生の可能性を教えてくれた女性と共に過ごすまで、私は物事をありのままに見ることができませんでした。彼女は、私が信じていたことが真実ではないと教えてくれました。

しかし、私は手遅れになるまで、自分の信じていたことに固執し続けました。

私は今、明日の脳外科手術を前にこれを書いています。手術後、自分がどうなるかはわからない。医師によれば、さほど難しい手術ではないとのことですが、人生について私が学んだことがあるとすれば、物事はほとんどの場合、簡単ではないということです。

私の叱咤《しった》が妹の過剰摂取のきっかけになったのは確かでしょう。それがなくても、いずれ妹は過剰摂取に陥ったかもしれません。わかっているのは、どちらにしても私は悲しみと向き合って生きるしかなかったということだけです。しかし、妹の死を悲しむ以上に、父への復讐《ふくしゅう》に心血を注ぎました。父と真逆を行くために、メディアを通して架空の人物を演じてきました。そして、誰かに気にかけてもらうことの心地よさを知ったのです。ところが、オーガスタ・フリーモントに本物の愛を注いでもらったとき、私はそれだけでは充分ではないと気づきました。彼女は私に〝現実を見なさい〟と言いました。今、私は現実を見つめています。そこに答えはなく、あるのは痛みだけです。妹を生き返らせることはできない。ただ悼むしかない。父への復讐を果たしても、何一つ元どおりにはなりません。復讐など無意味だった。意味があるのは唯一、誰かに愛されるという希望だけでした。

私は今、その希望にすがるしかない。なぜなら、その快さを知ってしまった今、それなしに生きていくことなどできないと悟ったからです。

今後、私の会社、私の地位、タブロイド紙が流す私の噂《うわさ》、そんなものはもう気にしません。私が気にかけているのは、第一にオーガスタ――オーギー、次に真実であり、真実とは、彼女を愛しているということにほかなりません。

明日の手術で、視力が回復しようが回復しまいが、その真実は変わらないでしょう。私は父の創造物ではない。なんでも持っている裕福な男でも、世界一のプレイボーイでもない。

オーギーを心から愛するただの男です。

携帯電話の画面に涙がぽとりと落ちた。

このきわめて個人的な声明が世間にどう受け止められるかはわからないが、オーギーにとってはあまりにも重要だった。

再びイリンカからのメール。

〈いったい何が起こっているの？〉

オーギーはすぐに返信した。

〈彼は私のことを愛しているということよ〉

ついに彼が目を覚ましてくれたと思うと、オーギーの胸に喜びがあふれた。

〈あなたは億万長者と結婚して、私たちのビジネスを放棄するつもり？〉

〈いいえ。たとえ億万長者と結婚しても、私はいつまでもあなたたちの仕事上の妻《ワーク・ワイフ》よ〉

手術着姿の男性がやってきた。「彼は頑張りました。目が覚めるなり、もう話し始めました」

「早く彼に会ってやってください」

オーギーは震える足で回復室に入った。するとそこには、頭を枕にもたせかけたマティアスがいた。脳の手術を受けたばかりだというのに、相変わらず、驚くほどハンサムだ。

彼の目がぱっと開いたかと思うと、その視線が彼女をとらえた。見えるようになったのだ。

「これが夢でないことを祈るよ。オーギー、きみが幻でないことを心より願う」

「私はここにいるわ。これは現実よ」

「来てくれたんだね。僕の声明文を読んだかい？」

「ええ。でも、読んだのはここに来てからよ。だって、あなたに追い払われても、あなたを愛する気持ちに変わりはないから。だから、私はここに来る必要があった——どうしても。それが私の愛よ。激しく、強く、そして永遠の愛が」

「きみに出会うまでは、僕は愛がどういうものかさえわからなかった。難しく、複雑で。だが、時間がかかるかもしれないが、僕は、それを正しく、深く理解するつもりだ。オーギー、僕は本物の人生が欲しい。使命とか任務とかじゃなく、ピクニックがしたい。そして花の匂いを嗅ぎたい。そして本来の自分のままでありたい。けれど、何よりも、きみのものになりたい」

「今は幸せだから、そう言っているんでしょう？」

「さあ。正直な話、ただただ、きみの顔が見たかった。それ以外は意識になかった。そして、きみは記憶にあるよりはるかに美しかった」

　オーギーはベッドに近寄った。そして手を伸ばして彼の手を取り、頬を押し当てた。「今、あなたは本当に錯乱している。私はほとんど寝ていないから、ひどい顔をしているに違いないもの」

「とんでもない。今のきみは僕がこれまで見た中でいちばん美しい。なぜなら、今、僕はありのままの自分の目できみを見ているからだ。僕は痛みや苦しみから逃げていたが、きみはそれから逃げることができず、敢然と立ち向かった。罪悪感や怒りを抱くほうが、妹を失った悲しみと寂しさに浸っているよりずっと楽だった。そして、きみは僕に教えてくれた。苦難のあとで何をするかが大切なのだと。実際、きみは僕よりもずっと多くのことを成し遂げた。僕もきみのような人間になりたい。僕はもう、もはや別人を装う必要はない。正真正銘の僕になって生きていくだろう」

「ええ、そうして。愛しているわ、マティアス」

「僕もだ。きみを心から愛している、オーギー」

エピローグ

〈ピットブルの子犬たちが搭乗中〉

マティアスはそのメールを妻のグループチャットに送った。彼女たちはすぐ外の待合室にいるにもかかわらず。そして彼は、美しい妻と彼女が腕に抱いた二人の赤ん坊を見下ろしながら、一人ほほ笑んだ。

双子だった。男の子と女の子。これ以上の喜びは想像さえできなかった。

マティアスは自分は一人で生きていく運命にあると思いこんでいた。愛とは無縁の人生を送るものと。けれど、オーギーと出会い、結婚して以来、想像しうる限りの最も純粋な愛に恵まれたのだった。

彼は完全に視力を取り戻し、思っていた以上に見えることの大切さを知った。

「どんなメールを送ったの？」

「赤ちゃんがここにいることを、みんなに知らせただけさ」

「ありがとう」オーギーはにっこり笑い、つけ加えた。「何から何まで」

マティアスは笑った。「どういう意味だ？　きみは僕に、こんなにも幸せな人生をくれたのに」

「単なるお得意さまへの最高のサービス《ホワイトグローブ・サービス》よ」

「いや、間違いなく、僕はそれ以上のものを受け取った」

「〈ユア・ガール・フライデー〉は常にお客さまに喜んでもらうことを目指しているの」

「そして、きみはそうしてくれた、マイ・ラブ」

ハーレクイン®

放蕩ボスへの秘書の献身愛
2025年4月5日発行

著　　者　ミリー・アダムズ
訳　　者　悠木美桜（ゆうき　みお）

発 行 人　鈴木幸辰
発 行 所　株式会社ハーパーコリンズ・ジャパン
東京都千代田区大手町 1-5-1
電話 04-2951-2000（注文）
0570-008091（読者ｻｰﾋﾞｽ係）

印刷・製本　大日本印刷株式会社
東京都新宿区市谷加賀町 1-1-1

ISBN978-4-596-72590-5 C0297

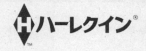

ハーレクイン・シリーズ 4月5日刊 発売中

ハーレクイン・ロマンス

愛の激しさを知る

放蕩ボスへの秘書の献身愛 〈大富豪の花嫁にⅠ〉	ミリー・アダムズ／悠木美桜 訳	R-3957
城主とずぶ濡れのシンデレラ 〈独身富豪の独占愛Ⅱ〉	ケイトリン・クルーズ／岬　一花 訳	R-3958
一夜の子のために 《伝説の名作選》	マヤ・ブレイク／松本果蓮 訳	R-3959
愛することが怖くて 《伝説の名作選》	リン・グレアム／西江璃子 訳	R-3960

ハーレクイン・イマージュ

ピュアな思いに満たされる

スペイン大富豪の愛の子	ケイト・ハーディ／神鳥奈穂子 訳	I-2845
真実は言えない 《至福の名作選》	レベッカ・ウインターズ／すなみ　翔 訳	I-2846

ハーレクイン・マスターピース

世界に愛された作家たち
〜永久不滅の銘作コレクション〜

億万長者の駆け引き 《キャロル・モーティマー・コレクション》	キャロル・モーティマー／結城玲子 訳	MP-115

ハーレクイン・ヒストリカル・スペシャル

華やかなりし時代へ誘う

公爵の手つかずの新妻	サラ・マロリー／藤倉詩音 訳	PHS-348
尼僧院から来た花嫁	デボラ・シモンズ／上木さよ子 訳	PHS-349

ハーレクイン・プレゼンツ作家シリーズ別冊

魅惑のテーマが光る
極上セレクション

最後の船旅 《ハーレクイン・ロマンス・タイムマシン》	アン・ハンプソン／馬渕早苗 訳	PB-406

※予告なく発売日・刊行タイトルが変更になる場合がございます。ご了承ください。